Retrato de Bernardo Guimarães (1827-1884).

O Seminarista

Clássicos Ateliê

Coordenação
José de Paula Ramos Jr.

CONSELHO EDITORIAL

Aurora Fornoni Bernardini – Beatriz Muyagar Kühl
Gustavo Piqueira – João Angelo Oliva Neto
José de Paula Ramos Jr. – Leopoldo Bernucci – Lincoln Secco
Luís Bueno – Luiz Tatit – Marcelino Freire – Marco Lucchesi
Marcus Vinicius Mazzari – Marisa Midori Deaecto – Paulo Franchetti
Solange Fiuza – Thiago Mio Salla – Vagner Camilo
Walnice Nogueira Galvão – Wander Melo Miranda

Bernardo Guimarães

O Seminarista

Apresentação
Luana Batista de Souza

Estabelecimento de Texto e Notas
Luana Batista de Souza
José de Paula Ramos Jr.

Direitos reservados e protegidos pela Lei 9.610 de 19.02.1998.
É proibida a reprodução total ou parcial sem autorização,
por escrito, da editora.

Dados Internacionais de Catalogação na Publicação (CIP)
(Câmara Brasileira do Livro, SP, Brasil)

Guimarães, Bernardo, 1825-1884
   O Seminarista / Bernardo Guimarães; apresentação
Luana Batista de Souza; estabelecimento de texto e notas
José de Paula Ramos Jr. – Cotia, SP: Ateliê Editorial, 2025.

ISBN: 978-65-5580-139-2

1. Romance brasileiro I. Souza, apresentação Luana Batista
de. II. Souza, Luana Batista de. III. Ramos Júnior, José de
Paula. IV. Título.

25-251267   CDD-B869.3

Índice para catálogo sistemático:
1. Romances: Literatura brasileira   B869.3

Cibele Maria Dias – Bibliotecária – CRB-8/9427

Direitos reservados à
ATELIÊ EDITORIAL
Estrada da Aldeia de Carapicuíba, 897
06709-300 – Cotia – SP – Brasil
Tel.: (11) 4702-5915 | contato@atelie.com.br
facebook.com/atelieeditorial | blog.atelie.br
instagram.com/atelie_editorial | www.atelie.com.br
threads.net/@atelie_editorial

Impresso no Brasil
Foi feito o depósito legal
2025

Sumário

Bernardo Guimarães: Homem, Crítico, Poeta e Romancista –
Luana Batista de Souza........................... 11
  O Homem... 11
  O Crítico.. 15
  O Poeta e Romancista............................ 19
  O Estilo e a Crítica 27
  A Trajetória de *O Seminarista* – Um Romance
    Crítico 35
  Romance Brasileiro – *Literatura Nacional e
    Desaparecimento do Subtítulo*................ 38
  História Editorial – *Tradição Editorial*............. 42

O Seminarista

CAPÍTULO I... 53
CAPÍTULO II.. 59
CAPÍTULO III 65
CAPÍTULO IV 71
CAPÍTULO V 79
CAPÍTULO VI 87
CAPÍTULO VII... 95
CAPÍTULO VIII....................................... 103
CAPÍTULO IX 111

CAPÍTULO X 121
CAPÍTULO XI 129
CAPÍTULO XII....................................... 135
CAPÍTULO XIII...................................... 141
CAPÍTULO XIV 147
CAPÍTULO XV....................................... 153
CAPÍTULO XVI 161
CAPÍTULO XVII 167
CAPÍTULO XVIII.................................... 173
CAPÍTULO XIX 181
CAPÍTULO XX....................................... 187
CAPÍTULO XXI 193
CAPÍTULO XXII 199
CAPÍTULO XXIII.................................... 205
CAPÍTULO XXIV.................................... 213

Referências Bibliográficas 217

Bernardo Guimarães:
Homem, Crítico, Poeta e Romancista

LUANA BATISTA DE SOUZA

O Homem

Ao consultar a fortuna crítica de Bernardo Guimarães, como bem descreve Flora Süssekind[1], o que se nota é "[...] uma crítica que se traveste de biografia. Biografia que se converte numa sucessão de casos *engraçados*". São esses casos engraçados que muitas vezes se sobrepõem à produção literária do autor mineiro, não havendo uma preocupação por parte da crítica em traçar sua trajetória literária e sim uma curiosidade com relação a comportamentos e acontecimentos considerados peculiares. Deste modo, o que se tem hoje é uma biografia romanceada do autor.

Um dos primeiros problemas que se coloca à sua biografia relaciona-se às datas de nascimento e morte. É comum encontrarmos na literatura uma disparidade acerca dos números. Autores como Francisco Coelho Duarte Badaró[2], Arthur Azevedo[3], Arthur Mota[4], Dilermando Cruz[5] e Basí-

---

1. Flora Süssekind, "Bernardo Guimarães: Romantismo com Pé de Cabra", *Papéis Colados*, p. 154.
2. Francisco Coelho Duarte Badaró, *Parnaso Mineiro*, p. 57.
3. Arthur Azevedo, "Bernardo Guimarães", *Almanaque*, de Heitor Guimarães, 1885, p. 223.
4. Arthur Mota, *Vultos e Livros*, p. 107.
5. Dilermando Cruz, *Bernardo Guimarães: Perfil Biobibliolittterario*, p. 21.

lio de Magalhães[6] dão 1825 como o ano do nascimento de Bernardo Guimarães. Por outro lado, Xavier da Veiga[7], Almeida Nogueira[8], Teixeira de Mello[9], Silvio Romero[10], José Veríssimo[11], Clóvis Bevilaqua[12], Ronald de Carvalho[13], Victor Orban[14] e Augusto Sacramento Blake[15] indicam que o autor nasceu em 1827.

Magalhães, um dos biógrafos de Bernardo Guimarães, tendo consultado sua carta de bacharel em Direito pela Faculdade de Direito de São Paulo[16] e o termo de assentamento de batismo[17], afirma com segurança que a data de seu nascimento é 15 de agosto de 1825.

O mesmo problema de imprecisão de datas ocorre com relação ao falecimento do escritor. O periódico *Gazeta de Notícias* indica como data de falecimento 09 de março de 1884, mesma data publicada pelo *Jornal do Commercio* e pela *Gaze-*

---

6. Basílio Magalhães, *Bernardo Guimarães: Esboço Biográfico e Crítico*, p. 16.
7. José Pedro Xavier da Veiga, *Ephemerides Mineiras (1664-1897)*, p. 302.
8. Almeida Nogueira, *A Academia de São Paulo*, p. 154.
9. José Alexandre Teixeira de Mello, "Bernardo Guimarães", *Gazeta Literária*, p. 223.
10. Sílvio Romero, *História da Literatura Brasileira*, 1. edição, Rio de Janeiro, H. Garnier, 1888, p. 976.
11. José Veríssimo, *Estudos de Literatura Brasileira*, p. 286.
12. Clóvis Bevilaqua, *Epochas e Individualidades*, p. 58.
13. Ronald de Carvalho, *Pequena História da Literatura Brasileira*, p. 258.
14. Victor Orban, *Litterature Bresilienne*, p. 120.
15. Sacramento Blake, *Diccionario Bibliographico Brazileiro*, p. 413.
16. Tentamos consultar este documento no arquivo da Faculdade de Direito da Universidade de São Paulo e fomos informados que este foi destruído num incêndio no final do século XIX.
17. Consultamos o termo de assentamento e não há qualquer informação sobre a data de nascimento de Bernardo Guimarães, a única data informada é da cerimônia de batismo que ocorreu no dia 05 de setembro de 1825 na Paróquia de Nossa Senhora do Pilar, em Ouro Preto (MG).

ta *Literária*. Contudo, conforme relata um dos seus biógrafos, o escritor mineiro faleceu no dia 10 de março de 1884[18].

Batizado Bernardo Joaquim da Silva Guimarães, natural de Ouro Preto, filho de João Joaquim da Silva Guimarães e Constança Guimarães, o autor pertencia a uma família de intelectuais. Seu pai, por exemplo, escrevia sobre assuntos políticos, econômicos e literários em periódicos mineiros. Entre os poemas que escreveu, doze vieram a lume em *Folhas de Outono*, última obra poética de Bernardo Guimarães. João Joaquim da Silva Guimarães é considerado por Martins de Oliveira[19] um dos últimos árcades brasileiros.

Nascido em Ouro Preto, Bernardo Guimarães muda-se para Uberaba aos quatro anos de idade, onde começa sua vida escolar. Em seguida, inicia-se no curso de Humanidades, num conceituado seminário em Campo Belo. Concluiu os estudos no colégio do padre-mestre Leandro, em Ouro Preto, cidade para onde a família havia retornado[20].

Em 1847[21] matricula-se na Faculdade de Direito de São Paulo, colando grau em 1852, e estuda ao lado de José

18. Basílio Magalhães, *Bernardo Guimarães: Esboço Biográfico e Crítico*, p. 52.
19. Martins de Oliveira, *História da Literatura Mineira*, p. 111.
20. Basílio Magalhães, *Bernardo Guimarães: Esboço Biográfico e Crítico*, pp. 16-19.
21. António de Alcântara Machado afirma que Bernardo Guimarães ingressou em 1846 no curso de Direito por três motivos: o primeiro é não negar a Bernardo Guimarães o prazer de ter entrado na Academia junto com José de Alencar, "segundo porque seria desumano não fazer Bernardo esperar a 18 de fevereiro no pavilhão armado no Ipiranga a chegada do Imperador e sua augusta consorte, tomar parte nos festejos, assistir ao baile do rico Tomas Luiz Álvares e privá-lo assim dessas e outras cousas gostosas de que então foi teatro a cidade de São Paulo". O terceiro motivo é o fato de Bernardo Guimarães ter se formado na segunda época de 1851 (colando grau em 1852), levando assim, "seis anos e meses para terminar um curso de cinco" (António de Alcântara Machado. "O Fabuloso Bernardo Guimarães", *Cavaquinho e Saxofone*, p. 220).

Bonifácio, Silveira de Sousa, Felix da Cunha, José de Alencar, Álvares de Azevedo e Aureliano Lessa. Após o término do curso de Direito desempenhou o cargo de juiz municipal em Catalão, no Estado de Goiás, por duas vezes: a primeira de 1852 a 1854 e a segunda, em 1861, quando se envolveu em caso polêmico de liberação de alguns presos[22]. Entre as duas passagens pela cidade goiana, foi jornalista no Rio de Janeiro[23].

Em 1859 passa a residir na corte, trabalhando ao lado de Flávio Farnese e Lafaiete Rodrigues Pereira, no jornal *A Atualidade*, onde escreveu artigos de crítica literária, sobre os quais falaremos mais adiante. No Rio de Janeiro, entra em contato com Machado de Assis, com quem trabalhou na imprensa como repórter parlamentar no Senado[24].

Em 1867, casa-se, aos quarenta e dois anos, em Ouro Preto, com D. Tereza Gomes de Lima, sua grande admiradora, com quem teve oito filhos. No ano anterior ao casamento, 1866, foi nomeado professor de retórica no Liceu de Ouro Preto. Extinta a cadeira de retórica, é nomeado, em 1873, professor de latim e francês em Queluz, Estado de Minas Gerais, atual

---

22. "Substituindo o juiz de direito licenciado, convocou uma sessão de júri e absolveu onze réus, sendo a sessão classificada de 'jubileu'. O presidente da província demitiu-o do cargo de delegado de polícia, a bem do serviço público, e fez com que o juiz efetivo reassumisse o cargo. Sendo, porém, o Dr. Virgínio Henrique Costa o magistrado em licença, perseguido por seus inimigos e até denunciado, Bernardo Guimarães, na qualidade de juiz interino, pronunciou-o como incurso nos arts. 111 e 120 do Código Penal. Sofreu, por seu turno, o romancista mineiro, muitas perseguições, inclusive um processo crime, em que a própria defesa foi considerada como um primor literário" (Arthur Mota, *Vultos e Livros*, pp. 112-113).

23. Basílio Magalhães, *Bernardo Guimarães: Esboço Biográfico e Crítico*, pp. 19-35.

24. João Alphonsus, "Bernardo Guimarães, Romancista Regionalista", *in*: Aurélio Buarque de Hollanda Ferreira, *O Romance Brasileiro, de 1752 a 1930*, Rio de Janeiro, Edições O Cruzeiro [1952], p. 94.

Lafaiete, onde permaneceu por poucos anos, uma vez que as cadeiras de latim e francês também foram extintas. Retorna à sua cidade natal, onde residirá até a morte.

Falece no dia 10 de março de 1884, em Ouro Preto, aos cinquenta e nove anos. Morre com mais idade do que seus contemporâneos, que procuraram viver a boemia byroniana até as últimas instâncias e, consequentemente, morreram jovens[25]. Foi sepultado no cemitério anexo à Igreja de São José, onde, em 10 de março de 1930, foi inaugurado seu mausoléu, construído a pedido do governo de Minas Gerais. O monumento é da autoria do escultor mineiro Antônio Mattos, construído no Rio de Janeiro sob a direção de Aníbal Mattos[26].

Em dezembro de 2006, o então governador de Minas Gerais, Aécio Neves, inaugura, totalmente restaurado, o "Solar das Cabeças", casa onde morou Bernardo Guimarães em Ouro Preto. Atualmente o solar abriga a Fundação de Artes de Ouro Preto (FAOP)[27].

O Crítico

A carreira de Bernardo Guimarães como crítico inicia-se no periódico *A Atualidade*, onde escreve sobre o segundo volume das *Sátiras, Epigramas e Outras Poesias*, do Padre José Joaquim Correia de Almeida, *Os Timbiras*, de Gonçalves Dias, *Inspirações do Claustro*, de Junqueira Freire e *A Ne-*

---

25. Entre seus contemporâneos que morreram jovens, podemos citar seu amigo Álvares de Azevedo (1831-1852) e os poetas Casimiro de Abreu (1839-1860) e Junqueira Freire (1832-1855) (Antonio Candido, *O Romantismo no Brasil*, pp. 49-55).

26. Segundo informações de Armelim Guimarães, neto do romancista, em "Vida e Obra de Bernardo Guimarães" disponível em: <http://reocities.com/Athens/olympus/3583/victoria.htm>. Acesso em 31/08/2009.

27. Alexandre Ferreira Mascarenhas, *Cadernos Ofícios: Casa Bernardo Guimarães*, p. 13.

bulosa, de Joaquim Manuel de Macedo. Há, ainda, textos publicados neste jornal que, apesar de não serem assinados pelo escritor mineiro, são atribuídos a ele. É o caso de "Revista Literária", de 01 de outubro de 1859. Trata-se de uma espécie de "manifesto literário" que versa a respeito do caráter científico e "imparcial" da crítica literária[28].

As críticas produzidas por ele eram consideradas como excessivamente rigorosas e pouco cavalheirescas[29]. Dutra & Cunha[30] referem-se aos artigos como sendo "crítica literária no sentido mais rigoroso da expressão". Nas palavras de Oliveira:

> Sua crítica teria sido um tanto áspera, estribado [sic] em doutrinas pessoais, hauridas em mestres portugueses. Por vezes, teria cometido injustiças, que lhe não abonam o senso crítico, obliterado, em verdade, pelo espírito de discórdia e emulação, reinante na época. Daí, talvez, a origem de suas invectivas a Junqueira Freire, a Joaquim Manuel de Macedo, e acima de tudo, a Gonçalves Dias. [...] Ao tempo em que Bernardo pontificava no jornal *A Atualidade*, a crítica literária guardava (como guarda, ainda, nos dias correntes) o que seria personalismo puro[31].

A respeito do caráter da produção crítica de Bernardo Guimarães:

> Sua crítica era uma tomada de posição, e exibe-nos um Bernardo Guimarães antirromântico, insensível à ação de flor de laranja de Macedo, e ao quinhentismo dos *Timbiras*. Por cima de tudo: um bom crítico, ótimo até, amiúde com a razão, observando de ângulo justo[32].

---

28. Ednaldo Cândido Moreira Gomes, *Sutilezas e Mordacidades na Poética de Bernardo Guimarães*, p. 94.
29. Basílio Magalhães, *Bernardo Guimarães: Esboço Biográfico e Crítico*, p. 39.
30. Waltensir Dutra e Fausto Cunha, *Biografia Crítica das Letras Mineiras*, p. 50.
31. Martins de Oliveira, *História da Literatura Mineira*, pp. 107-108.
32. Waltensir Dutra e Fausto Cunha, *Biografia Crítica das Letras Mineiras*, p. 51.

Vejamos uma das críticas desferidas à *Nebulosa* de Macedo:

> É um ruído de palavras estrepitosas, que pouco pintam, um montão de expressões exageradas, que revelam que o trovador, apesar dos louros que lhe ornam a fronte, ainda é bem novel na arte das musas, pois confunde o sublime com a ênfase de uma declamação fofa e bombástica[33].

Como é possível notar, na crítica à *Nebulosa*, Bernardo Guimarães rejeita a proliferação de "expressões exageradas". Todavia, se, enquanto crítico considera as expressões exageradas como um defeito, enquanto romancista, ele incorrerá nos "erros" apontados nas críticas que escreveu. Seriam esses "erros" os longos períodos descritivos – "a repetição de detalhes ou circunstâncias, como falta de confiança na atenção ou memória do leitor; explicações ao mesmo leitor sobre o desenvolvimento de fatos já narrados com exaustiva minúcia"[34] – considerados elementos característicos do estilo do autor. A título de exemplo, leia-se o trecho a seguir:

> A tez era de um moreno delicado e polido, como resvalando uns reflexos de matiz de ouro. Os olhos grandes e escuros tinham essa luz suave e aveludada, que não se irradia, mas parece querer recolher dentro d'alma todos os seus fulgores à sombra das negras e compridas pestanas, como tímidas rolas, que se encolhem escondendo a cabeça debaixo da asa acetinada; as sobrancelhas pretas e compactas davam ainda mais realce ao mavioso da luz que os inundava, como lâmpadas misteriosas de um santuário. Os cabelos, uma porção dos quais trazia soltos por trás da cabeça, lhe rolavam negros e luzidios sobre os ombros como as catadupas enoveladas de uma cachoeira. Ao mais leve sorriso,

---

33. *Idem*, pp. 51-52.
34. João Alphonsus, "Bernardo Guimarães, Romancista Regionalista", *in*: Aurélio Buarque de Hollanda Ferreira, *O Romance Brasileiro, de 1752 a 1930*, Rio de Janeiro, Edições O Cruzeiro [1952], p. 95.

que lhe entreabria os lábios, cavavam-lhe nas duas mimosas faces com uma graça indefinível essas feiticeiras covinhas, que o vulgo chama com tanta propriedade – grutas de Vênus. A boca, onde o lábio inferior cheio e voluptuoso dobrava-se graciosamente sobre um queixo redondo e divinamente esculturado, a boca era vermelha, fresca e úmida como uma rosa orvalhada. O colo, os ombros, os braços, eram de uma morbidez e lavor admiráveis. (*O Seminarista*, cap. VIII, p. 105)

Estava ele bem lembrado, e o leitor também não se terá esquecido, dos versos feitos a Margarida, sequestrados pelo reitor à pasta do estudante. (*O Seminarista*, cap. XV, p. 154)

A faceta de crítico literário é desconhecida da maioria de sua crítica, como bem assinala Magalhães[35], e, provavelmente ignorada por grande parte de seus leitores. Um exemplo deste desconhecimento por parte da crítica é o que diz Veríssimo[36]: "Não sabemos o que vale a sua crítica. Como ele não perseverou nela e não deixasse como crítico obra por que o avaliemos, pouco nos importa sabê-lo, rebuscando jornais velhos".

Embora essa faceta fosse desconhecida por parte do seu cânone crítico, há alguns anos desperta interesse na crítica acadêmica. Entre os estudos sobre a produção crítica de Bernardo Guimarães podemos citar: José Américo Miranda, Maria Cecília Boechat e Ednaldo Gomes.

O primeiro aborda as críticas que Bernardo Guimarães fez ao poema *Os Timbiras*, de Gonçalves Dias, publicadas em quatro números do periódico *A Atualidade*.

O segundo trata brevemente da crítica de Bernardo Guimarães, citando sua produção publicada no periódico *A*

---

35. Basílio Magalhães, *Bernardo Guimarães: Esboço Biográfico e Crítico*, p. 38.
36. José Veríssimo, *Estudos de Literatura Brasileira*, p. 283.

Atualidade, bem como os críticos que abordam o assunto, como Brito Broca e Antonio Candido.

Por fim, o terceiro, em extensa pesquisa, busca mapear a "perigrafia textual esparsa"[37] publicada no periódico supracitado, além do estudo dos poemas de Bernardo Guimarães. Procura também detectar a ironia com que o autor se expressa frente "à historiografia crítica e às manifestações estético-literárias do Romantismo brasileiro"[38].

O Poeta e Romancista

Bernardo Guimarães foi um escritor profícuo. Além das críticas que publicou em jornais, foi poeta, romancista e dramaturgo. Conforme classificação de Cruz[39], seguem abaixo as obras do escritor ouro-pretano, organizadas cronologicamente:

Poemas

Cantos da Solidão (1853)
Inspirações da Tarde (1853)
Poesias (1868)[40]
Novas Poesias (1870)
Folhas de Outono (1883)

---

37. Ednaldo Cândido Moreira Gomes, *Sutilezas e Mordacidades na Poética de Bernardo Guimarães*, p. 10. Ednaldo define por perigrafia textual "o conjunto de textos críticos, prólogos e cartas pessoais que apontam indícios de uma conjectura estética proposta e seguida por Bernardo Guimarães em sua produção literária" (*idem*, p. 14).
38. *Idem*, p. 7.
39. Dilermando Cruz, *Bernardo Guimarães: Perfil Biobibliottterario*, p. 22.
40. Na *Enciclopédia de Literatura Brasileira*, vol. I (p. 810), consta o ano de 1865. O mesmo se dá em Antonio Soares Amora, *O Romantismo, 1833--1838/1878-1881*, São Paulo, Cultrix, 1973, p. 293.

Romances

O Ermitão de Muquém (1868)[41]
Lendas e Romances (1871)
Histórias e Tradições da Província de Minas Gerais (1872)
O Garimpeiro (1872)
O Seminarista (1872)
Índio Afonso (1873)
A Escrava Isaura (1875)
Maurício (ou os Paulistas em São João d'El Rey) (1877)
O Pão de Ouro (1879)
A Ilha Maldita (1879)
Rosaura (a Enjeitada) (1883)[42]

Romance Póstumo

O Bandido do Rio das Mortes (1904)[43]

Inéditos

A Voz do Pajé (drama) (1914)[44]
Os Três Recrutas (drama, perdido)[45]
Os Inconfidentes (drama, obra truncada)

41. Foi publicado pela primeira vez em 1858 no periódico *O Constitucional* (Waltensir Dutra e Fausto Cunha, *Biografia Crítica das Letras Mineiras*, p. 54).
42. Segundo Romero (*História da Literatura Brasileira*, p. 987), a data de publicação é 1882.
43. De acordo com Alphonsus ("Bernardo Guimarães, Romancista Regionalista", in: Aurélio Buarque de Hollanda Ferreira, *O Romance Brasileiro, de 1752 a 1930*, Rio de Janeiro, Edições O Cruzeiro [1952], p. 95), a edição foi coordenada e publicada pela viúva do escritor, D. Tereza Guimarães.
44. Drama encenado em 1860 em Ouro Preto (Massaud Moisés, *História da Literatura Brasileira*, p. 194). Publicado pela primeira vez por Dilermando Cruz.
45. Segundo Magalhães (*Bernardo Guimarães: Esboço Biográfico e Crítico*, p. 205) trata-se de uma peça totalmente perdida. *Os Inconfidentes*, por sua vez, ainda que Magalhães afirme se tratar de uma peça truncada, não fornece dados sobre sua localização, ou mesmo explica o que ele atribui como obra truncada.

A partir desta listagem, é possível perceber que Bernardo Guimarães escrevia com frequência, sendo possível ter em um ano duas ou três obras suas publicadas[46].

Seu primeiro livro, *Cantos da Solidão*, foi inicialmente publicado em São Paulo, em 1852, pela Tipografia Liberal de Joaquim Roberto de Azevedo Marques, embora Cruz[47] considere o ano de 1853 como ano de publicação da obra. Trata-se de um volume de poesia deixado aos colegas da Faculdade de Direito, que resolveram publicá-lo[48]. Sua segunda edição é publicada no Rio de Janeiro, em 1858, por B. L. Garnier, com acréscimo de alguns poemas ausentes na primeira edição, estes sob o título de *Inspirações da Tarde*. Em 1865[49], é publicada a terceira edição, *Poesias*, também pelo mesmo editor.

Todos os romances, exceto *O Ermitão de Muquém*, que foi publicado inicialmente em folhetim, foram publicados por B. L. Garnier. Sabe-se, por meio de contratos assinados entre autor e editor, que Bernardo Guimarães vendeu os direitos autorais de todas as suas obras para seu editor[50].

A produção literária de Bernardo Guimarães pode ser dividida em dois momentos, o poeta: de 1853 a 1870, e o romancista, cuja produção vai de 1871 até 1883, pouco antes

---

46. Em 1872 foram publicados os romances *Histórias e Tradições da Província de Minas Gerais*, *O Garimpeiro* e *O Seminarista*. No mesmo ano, com base em contrato de venda firmado com o editor e livreiro B. L. Garnier em 27 de setembro de 1872, sabe-se que a obra *O Pão de Ouro* já havia sido escrita e seus direitos vendidos juntamente ao romance *O Seminarista*. Contudo, apenas em 1879 a narrativa é publicada. Ano em que também é publicada a narrativa *A Ilha Maldita*.

47. Dilermando Cruz, *Bernardo Guimarães: Perfil Biobibliolittterario*, p. 22.
48. Sacramento Blake, *Diccionario Bibliographico Brazileiro*, p. 414.
49. Data atribuída por Mota (*Vultos e Livros*, p. 109).
50. Os contratos firmados entre Bernardo Guimarães e B. L. Garnier encontram-se no arquivo da Fundação Casa de Rui Barbosa, pasta Bernardo Guimarães.

de sua morte. Para Candido[51], sua boa produção poética vai até a década de 1860, sendo que, de 1870 em diante, se dá a produção de quase todos os romances "e nem mais um verso aproveitável".

Para muitos críticos, Bernardo Guimarães foi melhor poeta que romancista. Veríssimo[52] chega até a se referir a quatro edições feitas de seus poemas e apenas uma de *O Ermitão de Muquém*, afirmando que o público sabe mais do que a crítica, que dizia preferir o romancista ao poeta, como é o caso de Bevilaqua[53]. Para Almeida Nogueira[54], Bernardo Guimarães é "o melhor poeta e o mais notável literato". Oliveira[55] acredita que "a condição de romancista parece ter obscurecido a sua glória de poeta". Em seus *Estudos de Literatura Brasileira*, Veríssimo[56] apresenta uma justificativa para a sobreposição do romancista ao poeta, segundo a qual o romance era a forma literária preferida na época em que floresceu, principalmente o "romance brasileiro". Em suas palavras:

A nossa curiosidade intelectual ia de preferência ao romance, ao romance da vida e dos costumes nacionais principalmente, e os dez volumes de novelas de Bernardo Guimarães quase fizeram esquecer nele o poeta[57].

Enquanto poeta, Bernardo Guimarães é conhecido pelo tom irônico, satírico e obsceno. Nos tempos da Faculdade de

51. Antonio Candido, *Formação da Literatura Brasileira (Momentos Decisivos)*, 1ª ed., 1959, p. 549.
52. José Veríssimo, *Estudos de Literatura Brasileira*, p. 290.
53. Clóvis Bevilaqua, *Epochas e Individualidades*, p. 58.
54. Almeida Nogueira, *A Academia de São Paulo*, p. 155.
55. Martins de Oliveira, "A Prosa – Advento do Romance – Conto", *História da Literatura Mineira*, p. 107.
56. José Veríssimo, *Estudos de Literatura Brasileira*, p. 143.
57. Idem, ibidem.

Direito, escrevia bestialógicos, um tipo de poesia denominada pelos estudantes como "pantagruélica"[58]. No entanto, em muitos manuais de literatura, o romancista parece se sobrepor ao poeta[59]. Muitos estudos foram realizados a respeito da poética de Bernardo Guimarães, como o de Matheus da Cruz e Zica, Gomes, citado anteriormente, Irineu Corrêa, sendo estes os mais recentes. Sua poesia é considerada desde pré-romântica por Dutra & Cunha[60] a naturalista[61]. Dentre seus livros publicados, Romero[62] considera *Poesias* o melhor. Sua feição poética é assim descrita por Mota[63]:

> [...] é flexível, maleável, amolda-se a vários gêneros, desde o épico ao humorístico. É, por vezes, terno e lânguido, outras voluptuoso e sensual, em certas passagens é sarcástico e em outras contemplativo. Exemplos se notam de um feitio naturalista (*Ermo*), alguns se desta-

---

58. Antonio Candido, "A Poesia Pantagruélica", *Formação da Literatura Brasileira (Momentos Decisivos)*, 1. ed., 1959, p. 52.

59. No ensaio "Bernardo Guimarães – Romantismo com Pé de Cabra", Süssekind critica o uso da biografia de Bernardo Guimarães para explicar sua poética "que parece correr paralela à redação 'oficial' do Romantismo brasileiro" (*Papéis Colados*, p. 154). Além disso, analisa alguns poemas do escritor mineiro. Há outro ensaio que fala sobre a relação entre Bernardo Guimarães e seu cânone, de autoria de Luiz Costa Lima, intitulado "Bernardo Guimarães e o Cânone". Neste ensaio, Costa Lima refere-se ao cânone formado basicamente por Romero e Veríssimo. Considera o ensaio de Süssekind como o único recente digno do escritor mineiro. Trata, sobretudo, do Bernardo Guimarães poeta, cujos versos "nunca estiveram à vontade na dicção do romantismo normalizado". Por romantismo normalizado entende-se aquele em que "o poeta fosse bem falante e lacrimoso, derramado em palavras e emoções". Essa seria a base de Gonçalves Dias, Castro Alves, Fagundes Varela, Álvares de Azevedo e Casimiro de Abreu (Luiz Costa Lima, "Bernardo Guimarães e o Cânone", *Pensando nos Trópicos* (Dispersa Demanda II), Rio de Janeiro, Vozes, pp. 242 e 244).

60. Waltensir Dutra e Fausto Cunha, *Biografia Crítica das Letras Mineiras*, p. 53.

61. Silvio Romero, *História da Literatura Brasileira*, p. 981.

62. *Idem*, p. 977.

63. Arthur Mota, *Vultos e Livros*, p. 115.

cam como filosóficos (*Devanear do Cético*) outros como fantásticos (*Orgia dos Duendes*); percorre toda a gama, desde os assuntos sentimentais e amorosos (*Evocações*) até os temas facetos e joviais (*Charugo, Saia Balão, Dilúvio de Papel* [...]). Assume até a tendência mística e religiosa, como aconteceu no fim da existência com *Folhas de Outono* e apresenta poesias de caráter patriótico (*Estrofes aos Voluntários Mineiros e Heróis Brasileiros*).

Como romancista, como é mais lembrado, Bernardo Guimarães escreveu doze obras. Figuram entre as mais conhecidas, *A Escrava Isaura* e *O Seminarista*. O primeiro romance foi adaptado para o cinema em 1929 e para teledramaturgia duas vezes, a primeira em 1976 e a segunda em 2004. Já o segundo, foi adaptado para o cinema também em 1976[64].

Oliveira[65] considera Bernardo Guimarães "a expressão alta do prosador mineiro mais alto desse tempo [referindo-se ao romantismo]". Para o crítico, a variedade de temas do escritor mineiro não tinha limites. Oliveira frisa o que alguns críticos parecem esquecer: a popularidade que o autor alcançara em seu tempo. Isso fica claro ao depararmo-nos com duas edições de *O Seminarista*, num período de três anos, além do grande sucesso que foi, e ainda é, *A Escrava Isaura*.

Para Aderbal de Carvalho[66], os romances *O Seminarista*, *O Garimpeiro* e *A Escrava Isaura* "são esplêndidos trabalhos de observação e de um *humour* a Dickens muito pronunciado"[67].

---

64. Afrânio Coutinho e José Galante Sousa, *Enciclopédia de Literatura Brasileira*, p. 810.
65. Martins de Oliveira, "A Prosa – Advento do Romance – Conto", *História da Literatura Mineira*, p. 113.
66. Aderbal de Carvalho, *Esboços Litterarios*, p. 85.
67. Grifo do autor.

Candido[68] refere-se aos romances como "boa prosa da roça". Considera *O Ermitão de Muquém*, *O Seminarista*, *O Garimpeiro*, *O Índio Afonso* e *A Filha do Fazendeiro*[69], "o bloco central e mais característico da sua ficção". É dos poucos que ensaiou analisar a construção dos romances e dos seus tipos:

> O brutalhão de alma boa constitui aliás parte do senso psicológico de Bernardo; outra parte é ocupada por tipos igualmente elementares – a começar pelo moço bom e puro, geralmente perseguido pelo destino: Conrado (*Rosaura*), Elias (*O Garimpeiro*), Eduardo (*A Filha do Fazendeiro*), Eugênio (*O Seminarista*), o próprio Maurício, no romance do mesmo nome. Vem a seguir os pais afetuosos, mas pirracentos, que levados por um capricho, tiranizam as filhas ou filhos: o Major (*O Garimpeiro*), Joaquim Ribeiro (*A Filha do Fazendeiro*), o casal Antunes (*O Seminarista*), o Major Damásio (*Rosaura*), o Capitão-Mor (*Maurício*). Depois deles, o rival, bruto ou patife: Fernando (*Maurício*), Luciano (*O Seminarista*), Leonel (*O Garimpeiro*). [...] finalmente as heroínas, vítimas da paixão contrariada, de quem escapam apenas as duas "moreninhas", Isaura e Rosaura: Margarida (*O Seminarista*), Lúcia (*O Garimpeiro*), Paulina (*A Filha do Fazendeiro*), Adelaide (*Rosaura*), Leonor (*Maurício*).
>
> Os seus livros começam por uma situação de equilíbrio e bonança, definida principalmente pela descrição eufórica da paisagem em que se vai desenrolar a ação; a partir daí, procura surpreender no personagem o nascimento da paixão, cujo percurso e estouro descreverá, mostrando que a euforia inicial é como a placidez aparente do sertão e do sertanejo[70].

68. Antonio Candido, "Bernardo Guimarães, Poeta da Natureza", *Formação da Literatura Brasileira (Momentos Decisivos)*, pp. 549-550.
69. Narrativa que integra o livro *Histórias e Tradições da Província de Minas Gerais*, Rio de Janeiro, B. L. Garnier, 1872.
70. Antonio Candido, "Bernardo Guimarães, Poeta da Natureza", *Formação da Literatura Brasileira (Momentos Decisivos)*, pp. 550-551.

Se para Veríssimo[71], como romancista, Bernardo Guimarães "é um espontâneo, sem alguma prevenção literária, propósito estético ou filiação consciente a nenhuma escola", um contador de histórias no sentido popular da expressão, para Romero[72], ele é merecedor de atenção devido ao caráter nacional de suas narrações, "pela simplicidade dos enredos, pela facilidade do estilo". Segundo Romero[73], seus romances são novelas dotadas de um enredo simples, "um estilo leve, despretensioso, semeado de lirismo e de algumas notas humorísticas". Considera como os romances mais significativos *O Garimpeiro, O Seminarista, Maurício* e *A Escrava Isaura*.

Dutra & Cunha[74] acreditam, por sua vez, que o espólio novelístico de Bernardo Guimarães era negado[75] por quase todos os críticos e ensaístas[76]. Ao contrário do que afirma João Alphonsus[77], para quem a obra do escritor mineiro deve ser julgada à luz do leitor do seu tempo, Dutra & Cunha[78] creem que sua obra deve ser julgada à luz de sua crítica. Reconhecem no estilo do romancista uma pobreza que pode "não ser explicada e perdoada com um simples levantar de ombros".

---

71. José Veríssimo, *Estudos de Literatura Brasileira*, p. 286.
72. Silvio Romero, *História da Literatura Brasileira*, p. 987.
73. *Idem*, p. 986.
74. Waltensir Dutra e Fausto Cunha, *Biografia Crítica das Letras Mineiras*, p. 54.
75. No tempo em que escreveram sua *Biografia Crítica das Letras Mineiras*, Rio de Janeiro, Ministério da Educação e Cultura/Instituto Nacional do Livro, 1956.
76. Vemos que hoje, devido à tentativa de resgate de autores esquecidos, há diversos estudos sobre Bernardo Guimarães.
77. João Alphonsus, "Bernardo Guimarães, Romancista Regionalista", *in*: Aurélio Buarque de Hollanda Ferreira, *O Romance Brasileiro, de 1752 a 1930*, Rio de Janeiro, Edições O Cruzeiro [1952], p. 101.
78. Waltensir Dutra e Fausto Cunha, *Biografia Crítica das Letras Mineiras*, p. 55.

No que diz respeito ao seu lugar no Romantismo brasileiro, Bernardo Guimarães é considerado por alguns críticos, como Afrânio Coutinho[79], Massaud Moisés[80], Romero[81] e Veríssimo[82], integrante da segunda geração ou segundo período, ao lado de José de Alencar, Álvares de Azevedo, Gonçalves Dias, Joaquim Manuel de Macedo. Para Otto Maria Carpeaux[83], cujo critério de divisão é da diversidade estilística e ideológica, enquadra Bernardo Guimarães no que ele chama de "romantismo nacional e popular", no qual se enquadram também Gonçalves Dias, José de Alencar e Apolinário Porto Alegre[84]. É apontado por Veríssimo[85] e José Aderaldo Castello[86] como o criador do romantismo regionalista no Brasil.

O Estilo e a Crítica

O cânone crítico[87] de Bernardo Guimarães não é unânime. Há quem o considere melhor poeta que romancista,

---

79. Afrânio Coutinho, "O Regionalismo na Ficção", *A Literatura no Brasil*, pp. 20-21.
80. Massaud Moisés, *História da Literatura Brasileira*, p. 183.
81. Silvio Romero, *Evolução da Literatura Brasileira (Vista Sintética)*, p. 59.
82. José Veríssimo, *História da Literatura Brasileira*, p. 243.
83. Otto Maria Carpeaux, *Pequena Bibliografia Crítica da Literatura Brasileira*, pp. 90-91.
84. Karin Volobuef, *Frestas e Arestas: A Prosa de Ficção do Romantismo na Alemanha e no Brasil*, pp. 160-162.
85. José Veríssimo, *História da Literatura Brasileira: De Bento Teixeira (1601) a Machado de Assis (1908)*, p. 241.
86. José Aderaldo Castello, "Época Romântica", *Aspectos do Romance Brasileiro*, p. 48.
87. Entende-se por cânone crítico a produção crítica produzida sobre um determinado autor, neste caso, sobre Bernardo Guimarães por críticos e estudiosos de literatura.

como Manuel Bandeira[88] e Dutra & Cunha[89] ou ainda um poeta menor, como Veríssimo[90]. Há ainda, aqueles cuja opinião sobre a produção literária do poeta e romancista vai além. É o caso de Alcântara Machado[91], que o considera "coisa morta e liquidada literariamente", importando-se somente em estudar a figura do homem e não do escritor. Identificamos aí o que Süssekind[92] fala a respeito da crítica sobre o autor, "uma crítica que se traveste de biografia" e que pouco explora além disso.

Veríssimo[93] é um dos críticos mais duros. Para ele, Bernardo Guimarães escreveu mal, sem apuro de composição ou beleza de estilo. Em sua opinião "em toda a obra romântica de Bernardo Guimarães será difícil escolher uma página que possamos citar como pintura ou expressão exemplar do meio sertanejo"[94].

Na mesma linha é a crítica feita por Monteiro Lobato[95]:

Lê-lo é ir para o mato, para a roça – mas uma roça adjetivada por menina de Sion, onde os prados são *amenos*, os vergéis *floridos*, os rios *caudalosos*, as matas *viridentes*, os píncaros *altíssimos*, os sabiás *sonorosos*, as rolinhas *meigas*. Bernardo descreve a natureza como um cego que ouvisse contar e reproduzisse as paisagens com os qualificativos surrados do mau contador. Não existe nele o vinco

---

88. Manuel Bandeira, *Antologia dos Poetas Brasileiros*, pp. 74-75.
89. Waltensir Dutra e Fausto Cunha, *Biografia Crítica das Letras Mineiras*, p. 56.
90. José Veríssimo, *Estudos de Literatura Brasileira*, p. 258.
91. Antônio Alcântara Machado, "O Fabuloso Bernardo Guimarães", *Cavaquinho e Saxofone*, p. 216.
92. Flora Süssekind, "Bernardo Guimarães: Romantismo com Pé de Cabra", *Papéis Colados*, p. 154.
93. José Veríssimo, *História da Literatura Brasileira*.
94. *Idem*, p. 291.
95. José Bento Monteiro Lobato, *Cidades Mortas*, pp. 11-12.

enérgico da impressão pessoal. Vinte vergéis que descreva são vinte perfeitas e invariáveis amenidades. Nossas desajeitadíssimas caipiras são sempre lindas morenas cor de jambo.

Bernardo falsifica o nosso mato. Onde toda gente vê carrapatos, pernilongos, espinhos, Bernardo aponta doçuras, insetos maviosos, flores olentes. Bernardo mente[96].

Ainda para Alcântara Machado[97] não há sentido em considerar Bernardo Guimarães como "um dos iniciadores do romance brasileiro", visto que ninguém o continua fora da Academia Brasileira de Letras ou o toma por patrono. O escritor paulista continua, indagando qual importância anunciadora teve a obra do autor ouro-pretano.

Ao contrário de Veríssimo, Lobato e Alcântara Machado, Romero[98], Agrippino Grieco[99], Ronald de Carvalho[100] e Candido[101] assumem outra postura em relação à obra e ao estilo de Bernardo Guimarães.

Romero[102] diz que o escritor mineiro merece atenção "pelo caráter nacional de suas narrações, pela simplicidade dos enredos, pela facilidade do estilo". Considera como obras mais significativas: *O Garimpeiro, O Seminarista, Maurício* e *A Escrava Isaura*. Para ele, Bernardo Guimarães juntamente com Franklin

---

96. Grifos do autor.
97. Antonio Alcântara Machado, "O Fabuloso Bernardo Guimarães", *Cavaquinho e Saxofone*, p. 216.
98. Silvio Romero, *Estudos de Literatura Contemporânea* e *História da Literatura Brasileira*.
99. Agripino Grieco, *Evolução da Prosa Brasileira*.
100. Ronald de Carvalho, *Pequena História da Literatura Brasileira*.
101. Antonio Candido, "Bernardo Guimarães: Poeta da Natureza", *Formação da Literatura Brasileira (Momentos Decisivos)*.
102. Silvio Romero, *História da Literatura Brasileira*, p. 987.

Távora é um predecessor do Naturalismo à contemporânea. Sobre os defeitos de escrita do autor mineiro, eis o seu parecer:

> Tem-nos e bastantes: é muitas vezes prosaico, às vezes incorreto e não poucas superficial. Tem certa delicadeza de tintas; mas não tem força; interessa mas não prende, não cativa, não entusiasma. Em todo caso, é um produto do seu meio[103].

Alphonsus[104], assim como Romero, também acentua os defeitos do estilo do escritor:

> [...] a repetição dos detalhes ou circunstâncias, como falta de confiança na atenção ou memória do leitor; as explicações ao mesmo leitor sobre o desenvolvimento de fatos já narrados, com exaustiva minúcia; os diálogos sem naturalidade, já porque deformados pelo romantismo, já porque os personagens também se explicam cuidadosamente, empregando adjetivos que só o autor ou o leitor como espectadores poderiam estar percebendo. [...] As falas dos personagens lembram muitas vezes as tiradas dos dramalhões. E na verdade tem o autor um modo teatral de narrar, de tecer o enredo dos romances, agrupando personagens ou fatos como no palco, e – tipo dramalhão – fazendo uns acontecimentos mudar o curso de outros *na* hora, quando tudo já parecia perdido, com escandalosa oportunidade[105].

Embora o crítico tenha enumerado características da narrativa de Bernardo Guimarães como defeitos, Alphonsus[106]

---

103. Silvio Romero, *Estudos de Literatura Contemporânea*, p. 38.
104. João Alphonsus, "Bernardo Guimarães, Romancista Regionalista", *in*: Aurélio Buarque de Hollanda Ferreira, *O Romance Brasileiro, de 1752 a 1930*, Rio de Janeiro, Edições O Cruzeiro [1952], p. 95.
105. Grifo do autor.
106. João Alphonsus, "Bernardo Guimarães, Romancista Regionalista", *in*: Aurélio Buarque de Hollanda Ferreira, *O Romance Brasileiro, de 1752 a 1930*, p. 101.

acaba concluindo que estas são deficiências que estariam no gênero romântico e na pouca exigência não só dos leitores, mas também dos ouvintes de narrativas orais, que pouco se importariam com a verossimilhança desde que a história "acabasse bem". Talvez seja por isso que Romero[107] afirma ser o escritor um produto do seu meio. Alphonsus[108] chega a se perguntar se o modo como Bernardo Guimarães e outros de sua época romanceiam "não corresponderia a um estágio dos leitores, que exigiam tais romances, e não outros?"

Grieco[109], por seu turno, crê que a contribuição do escritor mineiro à literatura "constituiu aperfeiçoamento dos mais valiosos". Em sua opinião, Bernardo Guimarães era "dono de uma palheta em que os verdes da floresta rebrilham", "amou e eternizou os seus fazendeiros e os seus mineradores", "não humilhava o tema pelo excesso da riqueza literária". Carvalho[110], embora diga que a respeito dos personagens retratados, Bernardo Guimarães não tenha conseguido fixar um só tipo realmente perfeito, considerando-os mais ou menos postiços e convencionais, reconhece que as descrições são agradáveis e inclusive justas algumas vezes:

[...] ele sabia evocar admiravelmente os aspectos da natureza, animava com espontaneidade as formas mudas da paisagem [...] vê-se que o artista estava no seu elemento quando se defrontava com a selva natal. E é como descritivo que merece atenção[111].

---

107. Silvio Romero, *Estudos de Literatura Contemporânea*, p. 38.
108. João Alphonsus, "Bernardo Guimarães, Romancista Regionalista", *in*: Aurélio Buarque de Hollanda Ferreira, *O Romance Brasileiro, de 1752 a 1930*, Rio de Janeiro, Edições O Cruzeiro [1952], p. 101.
109. Agripino Grieco, *Evolução da Prosa Brasileira*, p. 35.
110. Ronald de Carvalho, *Pequena História da Literatura Brasileira*, p. 258.
111. *Idem*, p. 259.

Edgar Cavalheiro[112], por sua vez, reconhece que as descrições são excelentes como pinturas da natureza, mas assim como Carvalho, considera os tipos humanos postiços, afirmando que "nos retratos psicológicos não conseguiu realizar nada de apreciável".

Esta opinião de Carvalho a respeito dos tipos é rebatida por Oliveira[113], que diz tratar-se de um desacerto de quem conhece pouco ou ignora a vida do interior do Brasil. As criações de José de Alencar e muitas de Joaquim Manuel de Macedo é que seriam "postiças, convencionais, fortemente intelectualizadas, sem realidade pura"[114]. Em suas palavras:

[...] Quem ler *O Seminarista* viverá um drama de consciência, que teve pura realidade, e a que o autor deu traços indeléveis do romance, buscando nele introduzir cenas brasileiras, em painéis dignos de grande pincel, a par de estados psicológicos[115].

Sobre o lugar que ocupa Bernardo Guimarães nos compêndios de literatura, Dutra e Cunha[116] afirmam que "seu espólio novelístico é hoje negado por quase todos os nossos críticos e ensaístas". De fato, pouco tratou o cânone crítico da obra do escritor mineiro, limitando-se a comentários de estilo. São raros os estudos realizados pelos seus críticos, coevos ou posteriores, havendo apenas certo interesse, visto muitas vezes como tardio, por parte da crítica acadêmica. Candido[117]

---

112. Edgar Cavalheiro, *Panorama da Poesia Brasileira*, p. 78.
113. Martins de Oliveira, "A Prosa – Advento do Romance – Conto", *História da Literatura Mineira*, pp. 113-114.
114. *Idem*, p. 113.
115. *Idem*, p. 114.
116. Waltensir Dutra e Fausto Cunha, *Biografia Crítica das Letras Mineiras*, p. 55.
117. Antonio Candido, "Bernardo Guimarães: Poeta da Natureza", *Formação da Literatura Brasileira (Momentos Decisivos)*.

é um dos críticos que esboçou uma análise um pouco mais demorada, ainda que não aprofundada, sobre os tipos construídos pelo autor e as situações de suas obras. Reconhece que dos livros de Bernardo Guimarães, o que permanece incorporado à nossa sensibilidade é muito pouco, "além da vaga lembrança dos enredos"[118]. Para ele, esse pouco se constitui por uma impressão de natureza plástica, referindo-se ao teor das descrições:

[...] relevo da paisagem, certos verdes e azuis, contornos de morros e vales, presença indefinível de uma atmosfera campestre que nos faz respirar bem. É que Bernardo capricha em *situar* as narrativas, com o agudo senso topográfico e social característico da nossa ficção romântica. Antes de encetá-las, localiza-as; no seu decorrer, descreve as fórmulas de tratamento, a hierarquia e formas de prestígio, as relações de família, os costumes regionais. [...] Nos romances, todavia, é a natureza trabalhada pelo homem que vem no primeiro plano; natureza em que se ajusta a casa, o caminho, a roça[119].

No prefácio[120] do romance *O Índio Afonso*, Bernardo Guimarães fala do processo de descrição desta obra que acaba por se estender às outras:

A descrição dos lugares também é feita ao natural, pois os percorri e observei mais de uma vez. Com o judicioso e ilustrado crítico o Sr. Dr. J. C. Fernandes Pinheiro, entendo que a pintura exata, viva e bem-tratada dos lugares, deve constituir um dos mais importantes empenhos do romancista brasileiro, que assim prestará um im-

---

118. Antonio Candido, "Bernardo Guimarães: Poeta da Natureza", *Formação da Literatura Brasileira (Momentos Decisivos)*, p. 551.
119. *Idem*. Grifo do autor.
120. Prefácio escrito em Ouro Preto, no dia 28 de fevereiro de 1873 (Bernardo Guimarães, *O Índio Afonso*, p. 9).

portante serviço tornando mais conhecida a tão ignorada topografia deste vasto e belo país.

Por isso faço sempre passar a ação de meus romances em lugares que me são conhecidos, ou pelo menos de que tenho as mais exatas e minuciosas informações, e me esforço por dar às descrições locais um traçado e colorido o mais exato e preciso, o menos vago que me é possível.

Eis o que há de real em meu romance[121].

Esta preocupação com a descrição, a "pintura exata, viva e bem-tratada dos lugares", já apontada por Candido como retratada em primeiro plano, é perceptível ao longo da obra em prosa, constituindo um dos seus traços mais característicos. Este tipo de descrição pode ser visto nos romances *O Seminarista* e *Rosaura, a Enjeitada*. A título de exemplo, apresentam-se as seguintes passagens:

Sobe-se ao adro da capela por uma escadaria de dois lances flanqueados de um e outro lado pelos vultos majestosos dos profetas da antiga lei, talhados em gesso, e de tamanho um pouco maior do que o natural.

[...]

O sublime Isaías, o terrível e sombrio Habacuc, o melancólico Jeremias são especialmente notáveis pela beleza e solenidade da expressão e da atitude. A não encará-los com as vistas minuciosas e escrutadoras do artista, esses vultos ao primeiro aspecto não deixam de causar uma forte impressão de respeito e mesmo de assombro. Parece que essas estátuas são cópias toscas e incorretas de belos modelos de arte, que o escultor tinha diante dos olhos ou impressos na imaginação.

---

121. *Idem*, pp. 8-9.

Mesmo assim quanto não são superiores às quatro disformes e gigantescas caricaturas de pedra, que ornam... quero dizer, que desfiguram os quatro ângulos da cadeia do Ouro Preto!... (*O Seminarista* – cap. IV – sobre a Capela de Bom Jesus de Matosinhos em Congonhas – MG, p. 73.)

A reunião, a que assistimos, tinha lugar em uma rua que, se bem nos lembramos, tinha o nome de Rua da Constituição, a qual, partindo do largo, onde ficam o mosteiro e a igreja de S. Bento, dirige-se para o risonho e pitoresco arrabalde da Luz. A casa ocupada pelos estudantes fronteava justamente com o lado da igreja, que faz face à rua.

Eram cerca de nove horas da noite. Em uma cidade pouco mais populosa e de pouco movimento comercial, como era então S. Paulo, já o remanso e o silêncio reinavam por toda a parte; a rua era um deserto. As janelas da sala de jantar, onde se dava o colóquio, abriam-se para as extensas vargens alagadiças cortadas pelo Tamanduateí, que separam a cidade propriamente dita do arrabalde de S. Brás. (*Rosaura, a Enjeitada* – cap. I – sobre o centro de São Paulo.)

Diante do que foi exposto sobre o estilo do autor, sabe-se que Bernardo Guimarães dava especial atenção às descrições, conforme explicitou no prefácio de *O Índio Afonso*. Exemplos de descrição podem ser observados com frequência ao longo de sua obra em prosa.

A Trajetória de *O Seminarista*

Um Romance Crítico

Segundo o organizador das obras completas de Bernardo Guimarães, publicadas pela F. Briguiet em 1941, *O Seminarista*:

[...] é um romance bem-feito, bem-fabulado, bem-conduzido em seus menores detalhes, o mais bem-escrito desse autor. E, sem dúvida alguma ou favor, o melhor que o romancista mineiro produziu[122].

Publicado no segundo semestre de 1872, conforme indicam as primeiras notícias sobre a obra, datadas de 21 de setembro e 05 de outubro, veiculadas nos periódicos *Diário do Rio de Janeiro* e *O Mosquito*, respectivamente, *O Seminarista* é um dos romances mais conhecidos do escritor mineiro Bernardo Guimarães, segundo os críticos da época.

Um dos periódicos mais importantes da Corte, o *Diário do Rio de Janeiro*, conhecido também como *Diário do Rio*, foi publicado entre 1821 e 1878. Foi o primeiro jornal diário do país. *O Mosquito*, folha impressa entre 1869 e 1877, pela Typographia Franco-Americana, era um periódico satírico. A Typographia Franco-Americana foi encarregada pela impressão da primeira edição de *O Seminarista* e seu proprietário era o editor Baptiste-Louis Garnier, responsável pela publicação das obras de Bernardo Guimarães.

Em sua seção "Publicações", no *Diário do Rio*, lê-se uma notícia breve e que pouco analisa o romance, sem qualquer indicação de autoria. O texto inicia-se com elogios ao autor, que, segundo o periódico: "tem enriquecido a literatura brasileira de numerosas narrativas singelas, poéticas e naturais". A nota reafirma tanto o caráter nacional, isto é, inspirado na ambientação local, como descritivo do romancista: "ao par de sua reputação de poeta verdadeiramente nacional, pelo colorido da imaginação e pela sublimidade dos afetos, adquire também o de pintor esmerado dos costumes do sertão". *O Seminarista* é descrito neste periódico como "um desses dramas do coração, em que o sacrifício coroa o afe-

---

122. Bernardo Guimarães, *O Seminarista*, p. 8.

to, e a morte escreve a última página". A notícia encerra-se, referindo-se a uma análise especial que o livro pede e à qual seriam dedicados alguns momentos. No entanto, não há neste número do jornal, nem nos seguintes, qualquer análise do romance[123].

De autoria de M. Souto[124], a crítica publicada em *O Mosquito* vai além de um mero elogio à obra. Inicia-se qualificando o novo romance de Bernardo Guimarães como "lindo e ao mesmo tempo boa lição para aqueles a quem incumbe dirigir as vocações da mocidade e educá-las". Em seu resumo da obra, M. Souto afirma que a história é singela, e apresenta com detalhes o enredo numa escrita que desperta a curiosidade do leitor. Ao contrário da nota publicada no *Diário do Rio*, este artigo d'*O Mosquito* apresenta um posicionamento do crítico, que comenta, sobretudo, o estilo do autor. Em sua opinião, a leitura do livro é agradável, assim como toda a obra de Bernardo Guimarães; no entanto, aponta que talvez o texto seja muito extenso para o seu assunto:

A ação talvez ganhasse em ser mais condensada, suprimindo-se promenores [*sic*] inúteis, que não chegam a ser episódios, e que distraem a atenção, seduzida pelo agradável brilho do dizer, talvez ainda muito carregado de comparações, suposto o seja menos do que nos livros precedentes[125].

Souto sugere que a ação do livro seria melhor se fosse condensada e afirma que, embora o romance seja carregado de comparações, em relação às obras anteriores, o é em menor quantidade.

123. Publicações, *Diário do Rio de Janeiro*, p. 2.
124. M. Souto, *O Mosquito*, p. 7
125. *Idem, ibidem.*

Ao final, reconhece que o autor deu um grande passo ao "entrar no caminho do romance-estudo" e que, nesse livro, é possível detectar, ainda que não muito desenvolvido, um "pensamento mais sério", uma "tese social em embrião", e que se espera ser este trabalho seguido por outro mais depurado neste gênero[126].

ROMANCE BRASILEIRO
Literatura Nacional e Desaparecimento do Subtítulo

O Seminarista integra o Romantismo e faz parte, de acordo com alguns críticos, da segunda geração romântica[127], ou ainda do *romantismo nacional e popular*[128]. Esse movimento literário tem como objetivo a busca da identidade brasileira, a constituição de uma literatura nacional que visa distanciar-se da ex-metrópole, Portugal, tratando de temas brasileiros, como o índio e a natureza[129]. Daí a importância da cor local, característica muito presente em romances da época, a exemplo de *O Guarani* e *Iracema*, de José de Alencar, e *O Índio Afonso*, de Bernardo Guimarães.

Embora até meados dos anos de 1850 a poesia tenha sido o gênero mais popular no Brasil, é a prosa de ficção que se tornará popular a partir de então. O romance nacional, obra do Romantismo, acaba por tornar-se o gênero romântico por excelência[130].

---

126. *Idem, ibidem.*
127. Afrânio Coutinho, "O Regionalismo na Ficção", *A Literatura no Brasil*, pp. 20-21.
128. Otto Maria Carpeaux, *Pequena Bibliografia Crítica da Literatura Brasileira*, pp. 90-91.
129. Antonio Candido, *O Romantismo no Brasil*, p. 19.
130. Karin Volobuef, *Frestas e Arestas: A Prosa de Ficção do Romantismo na Alemanha e no Brasil*, p. 166.

É o romance romântico que cria novos parâmetros para a literatura nacional, uma vez que busca consolidar no campo das letras a independência que fora alcançada na política. Neste sentido, observamos na prosa a criação do romance regionalista, do romance histórico e do romance urbano[131]. Bernardo Guimarães passa por todos esses gêneros. Escreve *O Garimpeiro*; *O Ermitão de Muquém*[132]; *Rosaura, a Enjeitada* e *Histórias e Tradições da Província de Minas Gerais*. Candido[133] o define como escritor característico do Regionalismo, cujo senso penetrante da paisagem aparece nos romances que têm como cenário Minas Gerais ou Goiás. Outros críticos, como Veríssimo[134] e Castello[135], vão além e apontam Bernardo Guimarães como o criador do romance regionalista no Brasil.

No catálogo de obras da Garnier, presente nas folhas finais do volume de *O Seminarista*, podemos ver a listagem de livros disponíveis para compras. Como é sabido, a editora de B. L. Garnier foi responsável pela publicação de grandes nomes do nosso cânone literário, tais como José de Alencar, Machado de Assis, Bernardo Guimarães e traduções de Victor Hugo, Alexandre Dumas, entre outros. Foi uma das editoras mais importantes de seu tempo. Como bem aponta Hallewell[136], a partir da metade da década de 1860, ninguém publicou no Brasil mais obras de ficção do que B. L. Garnier. Ainda segundo Hallewell, praticamente não houve um romancista brasileiro de importância que não tenha tido seus

---

131. *Idem*, pp. 168-169.
132. Será adotada a forma do título apresentada na edição crítica de 1972, feita por Chediak.
133. Antonio Candido, *O Romantismo no Brasil*, p. 61.
134. José Veríssimo, *História da Literatura Brasileira*, p. 241.
135. José Aderaldo Castello, "Época Romântica", *Aspectos do Romance Brasileiro*, p. 48.
136. Laurence Hallewell, *O Livro no Brasil*, p. 238.

livros publicados pelo editor francês. Na listagem abaixo, citamos as obras com os subtítulos, os quais desapareceram ao longo da tradição:

Tabela 1 – Subtítulo de Obras de Autores Brasileiros

Ano de publicação	Título	Subtítulo
1855	O Forasteiro	Romance brasileiro
1865	As Minas de Prata	Romance histórico, complemento do precedente
1870	O Gaúcho	Romance brasileiro
1870	Pata da Gazela	Romance brasileiro
1870	Os Franceses no Rio de Janeiro	Romance histórico
1871	O Tronco do Ipê	Romance brasileiro
1872	Til	Romance brasileiro

A partir dos exemplos da tabela, é possível depreender que se tratava de uma decisão da editora inserir subtítulos nas obras publicadas. Essas obras não são as únicas que apresentam subtítulos; mas, por meio desses exemplos, observa-se a pretensão de classificá-las ora como romance brasileiro, ora como romance histórico. Alguns desses subtítulos aparecem nas publicações feitas por outras editoras, mas acabam desaparecendo ao longo dos anos. Subtítulos também estão presentes em outras obras de Bernardo Guimarães além de *O Seminarista*, como ilustra a tabela a seguir:

Tabela 2 – Subtítulos de Obras de Bernardo Guimarães

Ano de publicação	Título	Subtítulo
1853	Cantos da Solidão	Poesias
1868	O Ermitão de Muquém ou a História da Fundação da Romaria do Muquém, na Província de Goiás	Romance de costumes nacionais
1872	O Garimpeiro	Romance
1872	O Seminarista	Romance brasileiro
1875	A Escrava Isaura	Romance
1879	A Ilha Maldita	Romance fantástico
1883	Rosaura, a Enjeitada	Romance brasileiro
1904	O Bandido do Rio das Mortes	Romance histórico

Como já foi comentado quanto à tabela anterior, nota-se que o subtítulo teria como função indicar ao leitor o gênero literário (poesia ou romance) e, em alguns casos, especificá-lo (romance brasileiro, de costumes, fantástico e histórico).

Conforme é possível notar na folha de rosto da edição príncipe, *O Seminarista* é definido como "romance brasileiro". Esse subtítulo consta em todas as edições da obra até 1941, exceto na edição de 1928, publicada pelo *Jornal do Brasil*, e na de 1931, publicada pela Civilização Brasileira. Parece-nos que a presença do subtítulo relaciona a obra ao Romantismo e sua supressão apaga este dado importante.

O *corpus* abrange um período de 77 anos e, dentre os testemunhos recolhidos que não reproduzem o subtítulo, a justificativa para sua supressão, fica mais evidente nas edições publicadas após 1944. Nessa data, *O Seminarista* é publicado em uma compilação que reúne quatro obras de Bernardo Guimarães, sob o título *Quatro Romances*. Nesse caso, por fazer parte de uma coletânea, é compreensível a supressão do subtítulo. No entanto, surge a seguinte dúvida: por que o subtítulo não figura nas edições de 1928 e 1931? Qual seria a causa da supressão nesses casos? Ao omiti-lo, apaga-se um indício textual da ligação da obra com o Romantismo, implicando a supressão da especificação do romance como brasileiro. Embora os indícios levantados apontem para uma decisão editorial de B. L. Garnier como a causa da inserção do subtítulo na obra, a sua supressão apaga um elemento importante para caracterizar um certo momento da tradição da obra, quando tinha sido vinculada claramente, pelo seu editor, ao Romantismo. Uma hipótese para o apagamento do subtítulo é que ele pode estar relacionado à consolidação do gênero romance no século xx.

História Editorial

Tradição Editorial

Devido ao sucesso alcançado no período, *O Seminarista* foi publicado novamente em 1875[137] pela mesma casa editorial. As

---

137. Trata-se de uma data inferida pelo bibliógrafo Rubens Borba de Moraes para o exemplar da Biblioteca José Mindlin. Neste exemplar há uma anotação a lápis na folha de rosto com a data 1875. Ao contrário da primeira

edições de 1872 e 1875 são as únicas edições publicadas em vida do autor, o que indicaria que foram as únicas realizadas sob sua chancela[138]. Ainda no ano de 1872, Bernardo Guimarães publicou *O Garimpeiro* e *Histórias e Tradições da Província de Minas Gerais*, também pela editora B. L. Garnier.

Ao analisar as duas edições de *O Seminarista* publicadas em vida do autor, é possível constatar que a segunda é uma reedição da primeira. São idênticos os erros tipográficos, a mancha e a composição do livro. Se os erros são os mesmos, isso significa que foi utilizada em 1875 a mesma matriz tipográfica de 1872. Há apenas alterações na folha de rosto (uma nova é impressa) e na listagem de obras do autor publicadas por B. L. Garnier, que vem no verso da folha de guarda. Na edição de 1872, lê-se na listagem de obras de Bernardo Guimarães, *Cabeça de Tira-Mentes*, que é corrigido na edição seguinte ([1875]: *Cabeça de Tira-Dentes*). Todo o conteúdo do livro, no que se refere ao texto, inclusive paginação, é idêntico. As edições trazem apenas o texto, sem introdução, prefácio ou índice.

Apesar de ser uma prática pouco comum no fim do século XIX, Bernardo Guimarães vendeu os direitos autorais da obra ao seu editor B. L. Garnier, que poderia nunca mais publicá-la, caso fosse essa a sua vontade. Trata-se de um dado importante, pois, a partir da venda dos direitos, em 27 de julho de 1872[139], o autor não poderia mais interferir na obra e

edição, não há informação de data no colofão. Transcrevemos a seguir: Typ. Franco-Americana, r. d'Ajuda 18.

138. O manuscrito de *O Seminarista* se perdeu. Da pena de Bernardo Guimarães sobreviveram apenas os manuscritos de *A Voz do Pajé*, disponíveis no setor de manuscritos da Fundação Biblioteca Nacional, no Rio de Janeiro. Das demais obras, não há notícias da existência atualmente de qualquer manuscrito.

139. Transcrevemos a seguir, conforme o original (Fundação Casa de Rui Barbosa: Documentos Pessoais – PASTA: Bernardo Guimarães. 77/4126): "1º. | O sr. Dr. *Bernardo Joaquim da Silva Guimarães* vende a *B. L. Garnier*

outras casas editoriais só poderiam publicá-la com autorização de B. L. Garnier e seus sucessores.

Desde a sua primeira edição, *O Seminarista* alcançou relativo sucesso entre o público leitor, como pode ser atestado pelas edições publicadas até os dias de hoje. No mercado editorial brasileiro, é possível encontrar edições com a redação completa e com a abreviada, sem qualquer menção às diferenças textuais, além da adaptação da obra para história em quadrinhos. A redação completa origina-se com a publicação da edição príncipe. Essa redação é publicada, com algumas alterações referentes a datas, por exemplo, ao longo da sua transmissão. A redação abreviada tem início com a edição da Civilização Brasileira, em 1931. Esta redação abreviada continua sendo publicada também com algumas alterações ao longo do tempo. Diferentemente de muitos romances publicados durante o século XIX, *O Seminarista* não foi lançado inicialmente em folhetim; sua primeira edição sai em livro no ano de 1872, publicada por B. L. Garnier, em sua Typographia Franco-Americana, no Rio de Janeiro.

Sobre as edições de *O Seminarista*, há poucas informações nos exemplares. Até o testemunho de 1941, publicado pela F. Briguiet, não há indicação de número de edição a que pertencia o exemplar. Apenas no prefácio dessa edição há uma listagem das edições que teriam sido publicadas nos anos de 1872, 1875, 1888, 1897, 1899, 1917, 1923, 1928 e 1931. Dentre as edições elencadas, não foram encontrados os testemunhos correspondentes aos anos de 1888 e 1897. Contudo, foi encontrado um testemunho de H. Garnier de 1895, data atestada pelo seu colofão.

---

a propriedade com todos os direitos de autor de suas obras, intituladas "O Seminarista" e "O Pão de Ouro" pela quantia de seiscentos mil-reis, que forão já pagos ao primeiro pedido do autor" (grifo nosso).

É fundamental para a história da trajetória editorial da obra conhecer as mudanças de proprietário e de endereço ocorridas com a editora de B. L. Garnier. A partir desses dados é possível determinar a datação das edições, visto que, neste período, os exemplares desta editora não eram datados. Havia apenas uma combinação numérica em seu colofão, cujos dois dígitos finais poderiam indicar o ano de publicação. Contudo, nem todas as edições possuem colofão, como a de 1875, por exemplo.

Desse modo, apenas através do colofão é possível determinar que a publicação de H. Garnier foi impressa em 1895, conforme figura abaixo:

Paris. — Typ. GARNIER IRMÃOS, 6, rua dos Saints-Pères. 456.9.95.

Fig. 1 Colofão da edição de 1895.

Nesta época, a editora não mais pertence a Baptiste Louis Garnier, que havia falecido, deixando-a para seu irmão Hippolyte Garnier. Por este motivo, a editora muda de nome e passa a se chamar H. Garnier, em referência ao novo dono. As edições desta nova editora obedecem ao mesmo padrão das edições da editora de B. L. Garnier: não há apresentação, introdução ou prefácio.

Após um intervalo de dezoito anos, uma nova edição é publicada pela Garnier em 1917, denominada nesta época Livraria Garnier, após a morte de Hippolyte Garnier. Essa edição fazia parte da Coleção dos Autores Célebres da Literatura Brasileira, um projeto da editora que previa a publicação de clássicos da literatura nacional. Conforme indica o catálogo da editora, publicado em cada edição, os livros eram comercializados em dois formatos: brochura e capa dura. Como a capa dura poderia ser escolhida de acordo com o gosto do leitor, as sete edições a que se teve acesso possuíam capas de cores diferentes, assim como sua parte interna e a folha de guarda.

Quase trinta anos após a publicação da edição príncipe, vêm a lume, no mesmo ano, três edições: duas delas em livro e uma em folhetim. São publicadas em 1899 as edições da Empreza Democrática e da Francisco Alves, cujo projeto editorial é idêntico. Ambas são iguais em tudo: na capa, na mancha e no texto. As lições não-genuínas são as mesmas, mas não há qualquer evidência de relação comercial entre as casas editoriais sediadas em São Paulo e Rio de Janeiro, respectivamente. Sabe-se que a Francisco Alves era uma editora conhecida pela publicação de livros didáticos, destinados ao curso colegial e universitário[140]. São edições publicadas em brochura, com papel de baixa qualidade e não há nenhum tipo de apresentação do texto, assim como nas edições anteriores. Em ambos os casos, a revisão é falha, pois estas edições apresentam as primeiras modificações textuais dentro da tradição da obra, conforme mostrado adiante.

A publicação em folhetim se dá no periódico *A Folha do Norte,* de Belém, de 19 de novembro de 1899 até o final daquele ano. Trata-se de uma edição fidedigna à príncipe, sem alterações[141].

Em 1923, sai a público a edição de H. Antunes, considerada, por um dos biógrafos de Bernardo Guimarães, uma

---

140. António Alcântara Machado, "O Fabuloso Bernardo Guimarães", *Cavaquinho e Saxofone*, p. 111.

141. O texto localiza-se sempre no final da primeira página do periódico, ocupando um espaço de 31 linhas e 6 colunas, na parte inferior da página. Esse testemunho não foi levado em consideração na recensão da obra porque apenas publicações em livro foram utilizadas.

edição com figuras anacrônicas e revisão detestável[142]. A "revisão detestável" deve-se aos lugares críticos que evidenciam as alterações a que já havia sido submetida a obra. Trata-se, em alguns casos, de lugares críticos já presentes nas edições de 1899, o que indicaria uma relação de parentesco entre elas. As figuras anacrônicas a que se refere Magalhães[143] localizam-se na encadernação: duas crianças em pé, abraçadas, próximas a um riacho, em meio a paisagem bucólica, representam os protagonistas da história: Eugênio e Margarida. A edição é de tamanho médio (191 mm x 132 mm). Ao contrário das edições publicadas até então, não apresenta capítulos que abrem página. O projeto editorial permite a economia de material e um exemplar com menos páginas impressas e mais linhas impressas por página[144].

Cinco anos depois, em 1928, o *Jornal do Brasil* publica em livro uma nova edição do romance, que em muito se assemelha às publicadas pela Empreza Democrática e H. Antunes. O livro fazia parte do suplemento literário do jornal e era distribuído gratuitamente[145]. Embora ainda veicule a redação completa, notam-se modificações que interferem nos aspectos semântico e estilístico da obra.

A edição de 1931, pela Civilização Brasileira, é a primeira com a redação abreviada, que altera radicalmente a obra.

---

142. Basílio Magalhães, *Bernardo Guimarães: Esboço Biográfico e Crítico*, pp. 137-138.
143. *Idem, ibidem*.
144. Luana Batista Souza, "Grande É o Poder do Tempo", p. 157.
145. Conforme indicado na contracapa, o livro fazia parte da "Edição Especial de Concursos do *Jornal do Brasil*". Transcrevemos a contracapa: "[...] Para vulgarizar os romances clássicos da nossa literatura resolveu o *Jornal do Brasil* oferecê-los aos concorrentes de seus Concursos em pequenos volumes, como suplemento gratuito, fornecido nas condições exaradas nos anúncios publicados no *Jornal do Brasil* na seção Concursos".

Partem dessa edição novas ramificações da tradição, que se prolongam a uma edição de 1944 e a uma edição não datada, mas do mesmo período, publicadas pela Livraria Martins. Outra edição pertencente a essa família é publicada em 1949, pela Sociedade Brasileira de Difusão do Livro. Nos testemunhos da redação abreviada suprimem-se palavras, sequências textuais e parágrafos.

Tanto a edição da Livraria Martins como a da Sociedade Brasileira de Difusão do Livro apresentam um volume com quatro romances, sob o título *Quatro Romances*. Trata-se de uma compilação integrada pelos romances *O Ermitão de Muquém*, *O Seminarista*, *O Garimpeiro* e *O Índio Afonso*. Por seu formato "gigante", caracteriza-se como a edição que publica mais linhas por página e seus capítulos são sequenciais, sem começar em uma nova página. As edições da Livraria Martins fazem parte da Coleção Excelsior.

Em 1941, F. Briguiet & Cia. publica a redação completa em uma das mais bem-cuidadas edições da obra. Contém uma gravura com o retrato do autor e um prefácio, onde se encontra uma listagem das edições de *O Seminarista* publicadas até então. Foi essa listagem que nos serviu de guia para a recensão dos testemunhos e permitiu a localização de quase todos os citados na introdução do livro, à exceção das edições de 1888 e 1897, publicadas por B. L. Garnier. Em contrapartida, encontramos uma edição não listada, a publicada em 1895, da qual já tratamos.

A edição de 1941 corresponde ao volume v das obras completas de Bernardo Guimarães, publicadas pela F. Briguiet & Cia. Foram publicadas treze obras organizadas e revistas por M. Nogueira da Silva. O volume v é acompanhado de um prefácio que trata da recepção do romance entre os leitores da época, do renome alcançado por Bernardo Guimarães entre os escritores da segunda geração romântica e da recepção da crítica, que, segundo o editor, não soube sentir todo o valor do livro[146]. Há ainda uma breve análise do protagonista, em que se apresenta a personalidade do jovem seminarista e os desdobramentos de sua educação monacal, que o impediam de entregar-se ao amor de Margarida.

O Texto desta Edição

Após o cotejo exaustivo de treze edições de *O Seminarista* percebeu-se a necessidade de restaurar o texto da edição príncipe que aqui publicamos. A intenção é proporcionar ao leitor o contato com a obra tal como ela foi publicada em 1872 acrescida de notas do editor. Para que isso fosse possível, os erros tipográficos e as falhas de impressão foram emendados, assim como os erros referentes a nomes de religiosos, santos e topônimos. Há também um erro de citação que é corrigido.

O erro nem sempre é causado pelo copista, nos manuscritos, ou pelo tipógrafo, compositor ou editor, nos impressos. Muitas vezes o erro está presente no texto genuíno, mas não se configura enquanto lição correta por mais que seja genuína ou autêntica[147]. O que se observa em *O Seminarista*, é a citação incorreta da décima *Bucólica*, versos 53 e 54, de Virgílio. Bernardo Guimarães cita *Crescent illae, et vos crescetis, amores* enquanto a citação correta seria *Crescente illae; crescetis, amores*. Trata-se aqui de um erro de memória cometido pelo autor e que foi emendado no texto crítico.

---

146. Bernardo Guimarães, *Contrato para Baptiste Louis Garnier*, p. 6.
147. Celso Cunha, "Breves Considerações Sobre a Tipologia dos Erros ou Variantes em Crítica Textual", p. 418.

Normas de Edição

A) Corrige-se a marcação da sequência dos capítulos do texto-base, que enumera os quatro primeiros capítulos somente com algarismos romanos e acrescenta a palavra "capítulo", antes do número, a partir do capítulo v. Nesta edição, todo início de capítulo é indicado da mesma forma: capítulo seguido do numeral romano.

B) Atualiza-se a ortografia, conforme as normas ortográficas vigentes (Acordo Ortográfico de 2009).

C) Atualiza-se a ortografia dos topônimos e antropônimos.

D) Mantém-se o mesmo critério do texto-base quanto ao emprego de maiúsculas e minúsculas.

E) Mantém-se o mesmo critério do texto-base quanto à pontuação. Corrigem-se apenas casos em que há lapso evidente.

F) Mantém-se o mesmo critério do texto-base quanto à marcação de itálicos.

G) Mantém-se o apóstrofo.

H) Conservam-se as abreviaturas.

I) Emendam-se os erros tipográficos.

J) Emendam-se os erros linguísticos evidentes.

K) Restauram-se as formas apagadas devido a falhas de impressão.

L) Nos casos em que há no texto-base uma forma atualmente desusada, mas ainda dicionarizada, opta-se por manter a forma desusada.

O
SEMINARISTA

ROMANCE BRASILEIRO

POR

B. GUIMARÃES

———

RIO DE JANEIRO
B. L. GARNIER
LIVREIRO-EDITOR DO INSTITUTO HISTORICO
69, Rua do Ouvidor, 69

[1872]

Frontispício da 1ª edição de *O Seminarista*, B. L. Garnier, 1872.

❦ Capítulo 1 ❦

A UMA LÉGUA, pouco mais ou menos, da antiga vila de Tamanduá na província de Minas Gerais e a pouca distância da estrada que vai para a vizinha vila da Formiga, via-se, há de haver quarenta anos, uma pequena e pobre casa, mas alva, risonha e asseada. Uma porta e duas janelinhas formavam toda a sua frente; a um lado, por baixo de uma figueira silvestre, que a sombreava toda com sua vasta e copada ramagem, via-se uma outra janelinha guarnecida de balaústres de madeira.

Estava esta casinha situada embaixo de uma colina de pendor suave, aos pés da qual, se desdobrava delicioso vargedo coberto de rasteiro e viçoso capim, e sombreado aqui e acolá por algumas paineiras e sucupiras.

O vargedo era terminado por uma estreita orla, por baixo de cujas moitas despidas um córrego escondia seu curso sereno e preguiçoso.

Um estreito caminho partindo da porta da casa cortava o vargedo e ia atravessar o capão e o córrego por uma pontezinha de madeira fechada do outro lado por uma tronqueira de varas. Junto à ponte de um lado e outro do caminho viam-se duas belas e corpulentas paineiras, cujos galhos entrelaçando-se no ar formavam uma linda arcada de verdura, que dava entrada para além da ponte a um extenso rincão coberto de suculenta e vistosa pastagem.

Lá no fundo da valada onde ia morrer o rincão entre duas linhas de espigões, desenhavam-se ao longe em fundo luminoso e pitoresco as casas, os currais e os tufados pomares de uma linda fazenda.

O viandante, que por ali passasse, há cerca de quarenta anos, havia de notar com interesse duas lindas e faceiras crianças, que ali vinham quase sempre divertir-se e travessear junto da ponte à sombra das paineiras.

Eram um rapazinho de doze a treze anos, e uma menina, que parecia ser mais nova do que ele uns dois ou três anos.

A menina era morena, de olhos grandes, negros e cheios de vivacidade, de corpo esbelto e flexível como o pendão da imbaúba.

O rapaz era alvo, de cabelos castanhos, de olhar meigo e plácido e em sua fisionomia como em todo o seu ser transluziam indícios de uma índole pacata, doce e branda.

Era por uma bela tarde de janeiro. Os dois meninos como de costume achavam-se à sombra das paineiras. A menina sentada sobre a relva despencava um molho de flores silvestres de que estava fabricando um ramalhete, enquanto seu companheiro atracando-se como um macaco aos galhos das paineiras balançava-se no ar, fazia mil passes e piruetas para diverti-la.

Perto deles, espalhadas no vargedo, umas três ou quatro vacas e mais algumas reses estavam tosando tranquilamente o fresco e viçoso capim da valada.

O Sol, que já não se via no céu, toucava apenas com uma luz de ouro os topes abaulados dos altos espigões, uma aragem quase imperceptível mal rumorejava pelas abas do capão e esvoaçava por aquelas baixadas cheias de sombras e fresquidão.

– Vamos, Eugênio. São horas... vamos apartar os bezerros e tocar as vacas para a outra banda.

Dizendo isto a menina levantava-se da relva, e atirando para trás dos ombros os negros e compridos cabelos sacudiu do regaço uma nuvem de flores despencadas.

– Pois vamos lá com isso, Margarida – exclamou Eugênio vindo ao chão de um salto e ambos foram ajuntar as poucas vacas, que ali andavam pastando.

– Arre! com mil diabos!... que bezerrada mofina! – exclamou o rapaz tangendo os bezerros. – Por que é que estes bezerros da tia Umbelina andam sempre assim tão magros?

– Ora! pois o que é que você quer? mamãe tira quase todo o leite das vacas, e deixa um pinguinho só para os pobres bezerros. Por isso mesmo quase nenhuma cria aqui pode vingar, e alguma que escapa mamãe vende logo.

– E por que é que ela não te dá uma bezerrinha? aquela vermelhinha estava bem bonita para você...

– Qual!... não vê que ela me dá!... e eu que tenho tanta vontade de ter também a minha vaquinha. Há que tempo Dindinha prometeu de me dar uma bezerra e até hoje estou esperando...

– Mamãe?... ora!... é porque ela se esqueceu... deixa estar, que eu hei de falar com ela... mas não, eu mesmo é que hei de te dar uma novilha pintada muito bonitinha que eu tenho. Assim como assim, eu tenho de me ir embora mesmo, que quero eu fazer com criação?

– Como é isso?!... – exclamou Margarida com surpresa. – Pois você vai-se embora?...

– Vou, Margarida; pois você ainda não sabia?...

– Eu não; quem me havia de contar? para onde é que você vai, então?

– Vou para o estudo, Margarida; papai mais mamãe querem que eu vá estudar para padre.

– Deveras, Eugênio!... ah! meu Deus!... que ideia!... e é muito longe esse estudo?...

– Eu sei lá; eles estão falando que eu vou para Congonhas...

– Congonhas!... ah! já ouvi falar nessa terra; não é onde moram os padres santos?... ah! meu Deus! isso é muito longe!

– Qual longe!... tanta gente já tem ido lá e vem outra vez. Mamãe já mandou fazer batina, sobrepeliz, barrete e tudo. Quando tudo ficar pronto, eu hei de vir cá vestido de padre para você ver que tal fico.

– Tomara eu ver já!... você há de ficar um padrinho bem bonitinho!

– E quando eu for padre, você há de ir por força ouvir minha primeira missa, não há de, Margarida?...

– Se hei de!... e também mais uma coisa, que eu hei de fazer... adivinha o que é...

– O que é?... fala.

– Mamãe costuma dizer, que eu já estou ficando grande, e que daqui a um ano bem posso me confessar, e para isso anda me ensinando doutrina; mas eu não tenho ânimo de me confessar a padre nenhum... Deus me livre! tenho um medo... uma vergonha!... mas com você é outro caso, estou pronta, e por isso não quero me confessar enquanto você não for padre...

– Está dito, Margarida; prometo que há de ser você a primeira pessoa que eu hei de confessar; antes disso não confesso pessoa nenhuma, nenhuma desta vida; eu te juro, Margarida.

– Muito bem! muito bem! está dito. Agora me conta, Eugênio; quando é que você vai-se embora?

– É para o mês que vem...

– Ah! meu Deus! pois já tão depressa! e você não há de ficar com saudade de mim?...

– Se fico!... muita, muita saudade, Margarida!, quando penso nisso fico tão triste, que me dá vontade de chorar.

– E eu, pobre de mim!... como vou ficar tão sozinha! com quem é que eu hei de brincar daqui em diante?... não sei como há de ser, meu Deus!...

Os dois meninos pararam, e com a fronte pendida para o chão guardaram silêncio por alguns instantes; aquelas duas frontes tão puras, ainda há pouco tão radiantes de prazer e de inocência, pela primeira vez se anuviaram de uma pequena sombra de tristeza.

Era um primeiro e tênue vapor, que mal lhes embaçava o sereno fulgor da aurora da vida; mas esse leve vapor bem poderia converter-se em sinistra e carregada nuvem prenhe de desgraças.

Eram quase ave-marias. A sombra do crepúsculo ia de manso derramando-se pelas devesas[1] silenciosas. A favor daquela funda e solene mudez ouvia-se o débil marulho das águas do ribeiro escorregando por sob a úmida e sombria abóbada do vergel, enquanto um sabiá pousado na mais alta grimpa da paineira mandava ao longe os ecos do seu costumado hino preguiçosamente cadenciado, com que parece estar acalentando a natureza prestes a adormecer debaixo das propícias e sonolentas asas da noite.

Os meninos quedos e taciturnos olhavam em derredor de si com tristeza. Pela primeira vez cismas saudosas, anuviadas de um leve toque de melancolia, pairavam sobre aquelas frontes infantis. Dir-se-ia que, naqueles vagos rumores da solidão ao despedir-se do dia, estavam ouvindo o derradeiro adeus do gênio prazenteiro da meninice, e que no dúbio clarão róseo que afogueava ainda a orla extrema do ocidente, entreviam o último sorriso da aurora da existência.

Foi Margarida quem interrompeu aquele triste silêncio.

– Meu Deus! – exclamou ela – o que estamos aqui fazendo embasbacados? há que tempo o Sol já entrou, Eugênio!, está ficando muito tarde. Vamos!... vamos... toca as vacas.

---

1. *Devesas*: arvoredo.

E quebrando um raminho a menina pôs-se a tocar as vacas.

– Eia! Dourada!... eia!... Minerva!... Duquesa!... Eia!... Eia!...

Eugênio correu a abrir a pequena tronqueira das vacas, que ficava além da ponte. Apartados os bezerros e passadas as vacas, Eugênio tornou a fechá-la, e passando um braço sobre o ombro de Margarida, e esta enlaçando com o seu a cintura do companheiro, foram voltando calados e ainda debaixo da mesma impressão de tristeza, tangendo diante de si os bezerros até a casa de Umbelina, que ficava ali a uns quinhentos passos de distância.

Tendo prendido os bezerros em um pequeno curral, Margarida recolheu-se a sua casa, e Eugênio enfiando o caminho por onde viera, ganhou de novo a pontezinha e a tronqueira, e deitou-se a correr pelo rincão afora dirigindo-se para a casa de seus pais, que era a fazenda de que já falamos, e que ficava como a meia légua de distância.

❧ Capítulo II ❧

ANTES DE PASSARMOS adiante, cumpre que o leitor saiba quem são esses dois pequenos personagens que encontra logo ao limiar desta história, esses dois pastorinhos, que apesar de seus tenros anos se apresentam com visos de quererem ser os protagonistas dela.

Eugênio era filho do capitão Francisco Antunes, fazendeiro de medianas posses, mas homem considerado no lugar e pessoa de importância. Fazendeiro trabalhador, bom e extremoso pai de família, liso e sincero em seus negócios, partidista firme, e cidadão sempre pronto para os ônus públicos, nada lhe faltava para gozar da maior consideração e respeito entre os seus conterrâneos.

Antunes tinha terras de sobejo para a pouca escravatura que possuía, e portanto dava morada em sua fazenda a diversos agregados, que sem lhe pagarem contribuição alguma nem em serviço nem em dinheiro, como é costume em nossa boa terra, usufruíam algumas nesgas de suas extensas possessões territoriais.

Entre esses agregados contava-se a senhora Umbelina, a qual com sua filha Margarida e uma velha escrava ocupava a casinha que descrevemos no Capítulo antecedente. Umbelina vivia de sua pequena bitácula[1] à beira da estrada vendendo aguardente e quitandas aos viandantes, cultivando seu

---

1. *Bitácula*: pequena mercearia ou venda.

quintal, pensando suas vaquinhas, e da venda de frutas, hortalices e leite sabia com sua diligência e economia tirar um sofrível rendimento.

Era ela uma matrona gorda e corada, de rosto sempre afável e prazenteiro; sua asseada e garrida casinha alvejando entre o verdor das balsas e campinas que a circundavam, era uma confirmação palpitante do rifão, que diz: não há traste que não se pareça com seu dono. – Eram portanto uma e outra mui próprias para atrair os viandantes, que não deixavam de apear-se à porta da bitácula da tia Umbelina, a fim de tomarem alguns refrescos ou provarem de suas excelentes quitandas.

Umbelina fora casada com um alferes de cavalaria, que havia morrido nas guerras do Rio Grande do Sul, deixando sua mulher e Margarida, sua única filhinha, ainda no berço, no estado da mais completa indigência... Antunes e sua mulher, que tinham antigas relações de amizade com o falecido alferes, e que eram padrinhos da menina, deram a mão à pobre e desvalida viúva, e a estabeleceram em suas terras.

Margarida teria pouco mais de ano, quando sua mãe foi morar na fazenda do capitão Francisco Antunes. Como Eugênio, filho deste, ainda em tenra idade, não tinha senão um irmão e uma irmã muito mais velhos que ele, e que de há muito se tinham casado, e abandonando o ninho paterno tinham cada qual tomado o seu rumo, Margarida foi como um presente, que o céu lhe enviava para companheira dos brincos de sua infância. Por isso mesmo os velhos donos da casa muito a estimavam e a tratavam com todo o mimo, como se fora sua própria filha. Margarida bem o merecia: era uma encantadora menina, de muito bom natural e muito viva e engraçadinha.

Os dois meninos queriam-se como se fossem irmãos, andavam sempre juntos, e não se separavam senão à noite para irem dormir.

Um dia aconteceu-lhes um estupendo e singular incidente, que não posso deixar de referir, incidente que qualquer espírito supersticioso teria tomado por um sinistro agouro ou como um prenúncio assustador do destino da menina.

A pequena Margarida, apenas na idade de dois anos, estando a brincar no quintal por onde andava passeando a dona da casa, Umbelina e mais família, desgarrou-se por um momento da companhia da rapariga que a vigiava, e da de seu camarada de infância, que já contava seus quatro anos. Quando este deu pela falta e foi procurá-la, encontrou-a assentada na relva junto de uma fonte a brincar, com o que, Santo Deus!... a brincar com uma formidável e truculenta jararaca. A cobra enrolava-se em anéis em volta da criança, lambia-lhe os pés e as mãos com a rubra e farpada língua, e dava-lhe beijos nas faces. A menina a afagava sorrindo, e dava-lhe pequenas pancadas com um pauzinho que tinha na mão, sem que o hediondo animal se irritasse e lhe fizesse a mínima ofensa. Se o Gênesis não nos apresentasse esse terrível réptil como cheio de astúcia e malícia seduzindo a primeira mãe da humanidade e fazendo-a perder para si e para toda a sua descendência as delícias do paraíso terreal, dir-se-ia que até a serpente tem seus impulsos generosos e também sabe respeitar a fraqueza e a inocência da infância.

Mal o menino deu com os olhos naquele estranho e arrepiador espetáculo, rompeu logo em gritos.

– Mamãe!... mamãe!... – bradava ele com quanta força tinha –; olha cobra!... uma cobra está comendo Galida!...

A mãe dele e Umbelina, que não andavam longe, ouvindo os gritos do menino acudiram logo pressurosas, pálidas e transidas de susto, armadas cada uma de um comprido pau. Ao avistarem a cobra enroscando-se nos braços e no pescoço da pobre menina, estacaram horrorizadas, a testa se lhes inundou de suor frio, as pernas lhes tremeram, e pouco faltou para que rolassem no chão sem sentidos. Umbelina principalmente estava no mais angustioso transe; foi-lhe mister agarrar-se à estaca de um varal para não cair por terra. As duas mulheres não atinavam com o que deveriam fazer; atacando a cobra receavam assanhá-la e fazer com que mordesse a menina, ao mesmo tempo não podiam deixar em tamanho perigo aquela pobre criança, que continuava a rir-se e a brincar com a cobra com toda a estouvadice e com o maior descuido do mundo, como se estivesse brincando com uma boneca.

Passaram-se alguns instantes da mais cruel ansiedade. Passados eles felizmente a cobra, pressentindo a aproximação de gente, foi-se retirando tranquilamente, e sumiu-se nas moitas de um matagal vizinho.

Livres daquele primeiro susto, mas não de todo tranquilas, as duas senhoras correram apressadamente a revistar todo o corpo da criança, e tendo reconhecido que o terrível bicho não lhe havia feito nem a mais leve ofensa, levantaram as mãos ao céu derramando lágrimas de gratidão por tão singular benefício, que tomaram por um milagre da Providência.

A senhora Antunes chamou logo em altos gritos os escravos, e ordenou-lhes que perseguissem e matassem a cobra. Umbelina, porém, não queria consentir que se fizesse mal ao animal que havia respeitado e afagado sua querida filha.

– É bicho mau, bem sei – dizia ela –, mas esta... coitada!... parece não ser da laia das outras; a menina brincava com ela como se fosse um cão de fralda, e a bicha não lhe fez mal nenhum.

– Nada!... nada! – exclamava a outra. – Quem seu inimigo poupa, nas mãos lhe morre. Sempre é um bicho que Deus excomungou. A comadre deve lembrar-se que foi uma serpente que tentou nossa mãe Eva.

– Mas uma cobra, que em vez de morder lambe e afaga...

– Também a serpente do paraíso não mordeu Eva; arrastou-se a seus pés e afagou-a para melhor enganá-la.

– Ora, comadre, também a minha Eva ainda está muito pequenina para poder ser tentada pela serpente.

– É que já o bicho maldito a está pondo de olho para mais tarde fazer-lhe mal.

– Qual, comadre!... é porque até as cobras têm respeito à inocência...

– Fie-se nisso!... por sim por não, esta não me há de escapar.

Dizendo isto, a senhora Antunes, com todo o cuidado e precaução sondava com os olhos a moita do matagal em que a cobra se tinha sumido. Tendo-a enfim descoberto, encarou-a fixamente, e sem despregar dela os olhos, levou as mãos aos atilhos da cintura da saia, que começou a arrochar cada vez com mais força, murmurando certas orações e esconjuros cabalísticos.

É esta uma simpatia de que usam as nossas roceiras para tornarem as cobras imóveis e pregá-las por assim dizer em um lugar, e dizem que é de um efeito imediato e infalível.

Talvez o leitor não creia nessas coisas que chamam abusões do povo, mas o certo é, que desde o momento em que a senhora Antunes pregou os olhos na cobra e começou a arrochar a saia na cintura, a bicha parou imediatamente e não se mexeu uma linha do lugar em que estava, até que um escravo chegando com um varapau veio dar cabo dela.

O rapaz depois de ter-lhe machucado bem a cabeça, suspendendo a custo o enorme bicho na ponta da vara, tirou-o da moita, e arremessou-o no gramal.

A cobra veio cair com medonho ronco aos pés de Umbelina, que soltou um grito agudo e deu um salto para trás.

– O que é isso, comadre? está com medo? – exclamou a senhora Antunes com uma gargalhada. Pois não quer ver o lindo e inocente bichinho, que ainda agora estava lhe beijando a filha?

– Jesus!... santo nome de Jesus! – bradou Umbelina persignando-se e olhando de través o hediondo animal, que se estorcia no chão. – Que bicho medonho!... de que escapou minha pobre filhinha!...

– Ah!... já está vendo?... a comadre deve um favorão a Deus por ter permitido que a cobra não mordesse a menina.

– Anda cá, Josefa! – continuou ela dirigindo-se à escrava. – Daqui em diante mais cautela com estas crianças, ouviste? não te arredes de perto delas... se as deixares outra vez por aí à toa sozinhas, lavro-te de relho, pasmada, e ponho-te na roça com uma enxada na mão... olha a cara desta desmazelada!... esta sonsa, que nem para tomar conta de umas crianças tem préstimo!...

Ditas estas palavras, as duas mulheres acompanhadas da demais família foram-se recolhendo para casa, silenciosas e profundamente impressionadas por aquele extraordinário incidente, que tornou-se por muitos dias o assunto da conversação naquela casa.

Umbelina via nele um milagre, pelo qual dava infinitas graças ao céu apertando nos braços a filhinha que, como ela dizia, tinha nascido naquele dia. A mulher de Antunes, porém, que tinha o espírito propenso a acreditar em superstições e agouros, teimava em ver naquilo um sinistro prenúncio, que ela mesma não sabia explicar.

Capítulo III

MARGARIDA, POIS, NÃO saía quase da casa do Capitão Francisco Antunes, onde conduzida por sua mãe entrava pela manhã, e não saía senão à tardinha. Muitas vezes mesmo acontecia-lhe dormir lá, quando fazia mau tempo, ou quando os afazeres de Umbelina não lhe permitiam ir buscá-la.

À medida que a menina ia crescendo, a senhora Antunes, como boa madrinha que era, ia-lhe ensinando o que a sua tenra idade comportava, e desde os cinco anos lhe pôs nas mãos a agulha e o dedal.

Margarida, por sua graça e gentileza, por sua extrema docilidade e por sua precoce vivacidade era mui querida de todos, especialmente de Eugênio, que não saía de junto dela, e ficava triste todas as tardes, quando ela se retirava para sua casa.

Assim foi se criando e fortalecendo desde o berço entre aquelas duas almas infantis uma viva e profunda afeição, que de dia a dia mais afundava as raízes naqueles dois tenros corações, como em uma terra fresca e cheia de seiva virginal. Eram como duas flores silvestres em botão, nascidas do mesmo hastil, nutrindo-se da mesma seiva, acariciadas pela mesma aragem, que ao abrirem-se cheias de viço e louçania encontravam-se sorrindo-se e namorando-se em face uma da outra, e balanceando-se às auras da solidão procuravam beijar-se trocando entre si eflúvios de amor. De dia em dia crescia essa mútua amizade entre as duas crianças, como um cipó, que nascendo entre dois tenros arbustos vizinhos, se enleia em torno deles e confunde seus galhos tornando-os como um só.

Não eram ainda Romeu e Julieta[1]; mas eram inseparáveis como Paulo e Virgínia[2] vagueando pelas sombras das pitorescas selvas da Ilha de França.

Entretanto Eugênio tocava já aos seus nove anos, e um dia foi preciso mandá-lo morar na Vila em casa de um parente, a fim de frequentar a escola de primeiras letras.

Ah! foi esse um dia de prantos e desolação naquela pequena família. Parecia que ela havia sido fulminada por alguma grande desgraça. Umbelina e a dona da casa ralhavam e afagavam, sorriam e choravam ao mesmo tempo; os meninos resmungavam queixas e soluçavam pelos cantos da casa. O pai gritava, enternecia-se e exasperava-se alternativamente à vista de tanta choradeira. E tudo isto por causa de um menino que ia para a escola dali a légua e meia!!...

No momento de partir foi a muito custo que conseguiram arrancar os dois meninos dos braços um do outro.

Foi necessário que Umbelina agarrasse à força sua filha, que se atirava pelo chão estorcendo-se e rasgando as roupas em desespero, e queria a todo transe ir correndo pela estrada afora atrás de seu companheiro, que lá se ia em lágrimas e soluços.

Por alguns dias Margarida ficou metida em sua casa, triste e amuada. Uma dor de alguns dias já é para assombrar em um coração de oito anos. Mas o tempo é o melhor, senão o

---

1. *Romeu e Julieta*: protagonistas da tragédia homônima de Shakespeare, adolescentes que se apaixonam a despeito da grande hostilidade entre suas famílias e que, por isso, acabam perecendo.

2. Referência ao romance francês *Paul et Virginie*, de Bernadin de Saint-Pierre, publicado em 1788. Os protagonistas do romance são criados como irmãos em meio à natureza numa ilha isolada do resto do mundo.

único consolador das mágoas passageiras da vida. Sobretudo no coração das crianças o seu bálsamo é de uma eficácia e prontidão espantosa. Assim pois, com o tempo e também porque quase todos os domingos Eugênio vinha passar o dia na fazenda, Margarida foi-se consolando e acomodando com a sua sorte.

Eugênio esteve dois anos na escola, e quando voltou definitivamente para a casa paterna, Margarida, que estava entre os nove e dez anos, já não era tão assídua em casa do fazendeiro. A menina já podia ajudar sua mãe, sabia coser, bordar, e era muito diligente em toda a espécie de serviço caseiro compatível com a sua idade. Portanto somente aos domingos e dias santos, ou por acaso em alguma tarde costumava aparecer em casa de seus padrinhos em companhia de sua mãe.

Desde então trocaram-se os papéis, e era Eugênio quem não deixava a pequena casa da tia Umbelina, onde passava os dias quase inteiros junto a Margarida, ajudando-a em seus pequenos serviços, ou pelos campos e capões vizinhos, armando arapucas e esparrelas para apanhar pombas, sabiás, inhambús, saracuras e outros pássaros, com que obsequiava a sua linda amiguinha, a qual com isto mostrava-se infinitivamente satisfeita.

Os pais de Eugênio não deixavam de ralhar com ele em razão de não parar em casa.

– Meu filho – dizia a mãe em tom de branda repreensão –, eu desejava bem saber o motivo, porque não me paras em casa!... parece que não queres mais bem a tua mãe?!...

– Quero, mamãe...

– Não queres... isto já é muito travessear... é preciso sossegar um pouco... não paras um instante ao pé de mim. Não gostas de teu pai, nem de tua mãe?!...

– Gosto, mamãe...

– Qual!... não gostas. De manhã apareces apenas para tomar a bênção, tomas à pressa o teu café com leite, e depois... adeus, senhor Eugênio, passe por lá muito bem; até a hora de jantar, ou até à noite!!... Isto não vai bem!... estou zangada contigo.

– E se eu contar a mamãe porque é que eu fico lá tanto tempo, mamãe fica zangada comigo?...

– Eu sei!?... conforme... fala; o que é então?...

– Pois mamãe saiba, que a tia Umbelina me pediu para ensinar a ler à Margarida...

– Deveras, meu filho?... – interrompeu a mãe rindo-se muito. – Que galante mestrinho tem a minha afilhada! por Deus que não sei qual dos dois mais precisará de bolos, o mestre ou a discípula.

– Mamãe está caçoando!... pois é deveras! estou ensinando a ler à Margarida.

– Está bom, meu filho; mas para isso será preciso gastar todo o dia!... o teu mestre por ventura te estava ensinando o dia inteiro?...

– Mas, mamãe, a tia Umbelina quer que ela aprenda depressa; e é preciso eu dar a ela duas, três e quatro lições por dia. Daqui lá é bem longe, e eu não posso estar de lá para cá, e de cá para lá a toda hora.

– Arre, nem com tanta sede ao pote!... mas, meu filho, isso não pode continuar; eu quero ver-te mais vezes perto de mim.

– Só se mamãe pedisse à tia Umbelina, que Margarida viesse para cá...

A mãe sorriu-se.

– Isso não é mais possível, Eugênio – tornou ela. – Bem vês que Margarida já está ficando grande; já ajuda sua mãe, que precisa muito dela...

– Qual, mamãe!... o que Margarida faz em casa, eu e ela indo para lá de tarde fazemos num instante... é recolher os bezerros, dar milho às galinhas... ora bolas!... isso custa nada?... a costura ela pode trazer para cá...

– Para tudo achas remédio... mas isso não pode ser assim...

– Então mamãe não quer que vá mais lá? – disse o menino quase a chorar.

– Não é isso, filho. Não te digo que não vás; mas é preciso voltar mais cedo, e não ficar lá o dia inteiro. A tua casa é aqui e não lá.

As coisas não passavam destas brandas repreensões, antes queixas da mãe de Eugênio. Este continuava sempre com a mesma assiduidade ao pé de Margarida; todavia o mais que fazia em atenção as ordens ou antes a pedido de sua mãe, era voltar, às vezes, mais cedo para casa, com grande sacrifício de seu coração. Os pais sorriam-se cheios de satisfação da ingenuidade do *mestrinho*, como daí em diante o chamavam, e não lhe levavam a mal as suas longas e cotidianas ausências.

Eugênio não mentia, quando disse a sua mãe que ensinava a ler à sua companheira de infância. O viandante, que por ali transitasse naquela época, teria por vezes ocasião de contemplar à sombra das paineiras junto à pontezinha de que já falamos, um curioso e interessante grupo, um esbelto rapagote de cerca de doze anos assentado na grama, e com um braço passado sobre o ombro de uma gentil menina um pouco mais nova, apontando-lhe as letras do alfabeto.

Eugênio era dotado de índole calma e pacata, e revelava ainda na infância juízo e sisudez superior à sua idade; tinha inteligência fácil e boa memória. Além disso mostrava grande pendor para as coisas religiosas. Seu principal entretenimento, abaixo de Margarida, cuja companhia preferia a tudo, era um pequeno oratório, que zelava com extremo cuidado e trazia sempre enfeitado de flores, pequenas quinquilharias e ouropéis. Diante deste oratório o menino se extasiava fazendo o papel de capelão, rezando terços e ladainhas e celebrando novenas com toda a regularidade e com uma gravidade verdadeiramente cômica. Seus assistentes eram os crioulinhos da casa, e às vezes ele tinha por sacristão a Margarida, que com isto muito se encantava.

Em vista de tudo isto os pais entenderam que o menino tinha nascido para padre, e que não deviam desprezar tão bela vocação. Assentaram pois, de mandá-lo estudar e destiná-lo ao estado clerical.

Naquelas épocas de crença viva e piedade religiosa ter um filho padre era um prazer, uma glória, de que muito se ufanavam os pais e as mães de família, e mesmo hoje, principalmente entre os nossos morigerados e religiosos fazendeiros, não falta quem pense que não pode haver carreira mais bonita, mais santa, nem mais honrosa. Assim pensamos também, quando aqueles que a abraçam, a exercem nobre e dignamente.

Na véspera do dia, em que tinha de partir para o Seminário de Congonhas do Campo, Eugênio que tinha ido à casa de Umbelina despedir-se dela e de sua filha, demorou-se mais do que de costume. Foi preciso mandar buscá-lo. Foram achá-lo no sítio, em que já o vimos por vezes, debaixo das paineiras, abraçado com Margarida, e ambos a chorarem.

Embebidos em sua profunda mágoa, nem pressentiam a noite que vinha descendo, e ali ficariam chorando até o romper da alva, se não os viessem despertar daquele doloroso letargo.

Que belo prelúdio para quem se destinava ao estado clerical!...

Capítulo IV

Eis o nosso herói transportado das livres e risonhas campinas da fazenda paterna para a monótona e austera prisão de um seminário no arraial de Congonhas do Campo, de barrete e sotaina preta, no meio de uma turba de companheiros desconhecidos, como um bando de anús pretos encerrados em um vasto viveiro.

Que mudança radical de vida!... Que meio tão diferente daquele em que até então tinha vivido! Essa transplantação devia modificar profundamente a existência do arbusto tão violentamente arrancado do solo natal.

Antes porém de prosseguirmos, repousemos um pouco nossas vistas sobre o pitoresco edifício do seminário e especialmente sobre a alva e formosa Capela do Senhor Bom Jesus de Matosinhos[1], que em frente dele se ergue no alto da colina, como a branca pomba da aliança pousada sobre os montes.

Ali ela refulge como um fanal de esperança ao triste caminheiro estafado e perdido pelas escabrosas sendas da vida, como um refúgio de paz aos aflitos peregrinos do vale das lágrimas, como um cofre das graças e perdões da misericórdia divina, oferecendo alívio e cura a todos os sofrimentos do corpo, consolação e refrigério a todas as atribulações do espírito.

---

1. A capela teve sua construção iniciada em 1757 como agradecimento a uma graça alcançada pelo imigrante português Feliciano Mendes.

De fato é o que aí vão procurar, e quase sempre encontram, milhares de peregrinos e romeiros que, partindo dos pontos os mais afastados, aí vêm ajoelhar-se ao pé do altar do Bom Jesus, suplicando-lhe a cura de suas enfermidades, e alívio a suas dores.

Sobe-se ao adro da capela por uma escadaria de dois lances flanqueados de um e outro lado pelos vultos majestosos dos profetas da antiga lei, talhados em gesso, e de tamanho um pouco maior do que o natural.

É sabido, que essas estátuas são obras de um escultor maneta, ou aleijado da mão direita, o qual para trabalhar era mister que lhe atassem ao punho os instrumentos[2].

Por sem dúvida a execução artística está muito longe da perfeição. Não é preciso ser profissional para reconhecer nelas a incorreção do desenho, a pouca harmonia e falta de proporção de certas formas. Cabeças mal contornadas, proporções mal guardadas, corpos por demais espessos e curtos, e outros muitos defeitos capitais e de detalhes estão revelando que esses profetas são filhos de um cinzel tosco e ignorante... Todavia as atitudes em geral são características, imponentes e majestosas, as roupagens dispostas com arte, e por vezes o cinzel do rude escultor soube imprimir às fisionomias uma expressão digna dos profetas.

O sublime Isaías, o terrível e sombrio Habacuc, o melancólico Jeremias são especialmente notáveis pela beleza e solenidade da expressão e da atitude. A não encará-los com as vistas minuciosas e escrutadoras do artista, esses vultos ao primeiro aspecto não deixam de causar uma forte impressão de respeito e mesmo de assombro. Parece que essas estátuas

---

2. As doze estátuas dos profetas, em pedra-sabão, são de autoria do arquiteto e escultor António Francisco Lisboa, o Aleijadinho.

são cópias toscas e incorretas de belos modelos de arte, que o escultor tinha diante dos olhos ou impressos na imaginação.

Mesmo assim quanto não são superiores às quatro disformes e gigantescas caricaturas de pedra, que ornam... quero dizer, que desfiguram os quatro ângulos da cadeia do Ouro Preto!...[3]

O seminário, que nada tem de muito notável, é um grande edifício de sobrado, cuja frente se atravessa a pouca distância por detrás da igreja, tendo nos fundos mais um extenso lance, um pátio, e uma vasta quinta. Das janelas do edifício se descortina quase todo o arraial, e a vista se derrama por um não muito largo, porém formoso horizonte.

Colinas bastantemente acidentadas, cobertas de sempre verdes pastagens, e marchetadas aqui e acolá de alguns capões verde-escuros formam o aspecto geral do país. Por entre elas estendem-se profundos e deliciosos vales, por entre os quais deslizam torrentes de águas puras e frescas à sombra de moitas de verdura e bosquetes matizados de uma infinidade de lindas flores silvestres.

Em torno e mais ao longo um cinto de montanhas verdes, antes colinas mais elevadas, cobertas de selvas e pastagens, parecem envolver com amoroso abraço aquele solo santo, em que, segundo a lenda, o Bom Jesus revelou por evidentes e repetidos milagres queria que ali se erguessem seu templo e seus altares.

Da frente da capela por uma extensa e íngreme ladeira desce uma rua extremamente irregular e tortuosa, que vai terminar à margem do pequeno rio Maranhão, que divide o arraial em dois, comunicando-se por uma ponte de madeira.

---

3. Referência às quatro figuras em pedra-sabão, que representam as virtudes cardeais (Prudência, Justiça, Temperança e Fortaleza), de autoria atribuída a Antônio José da Silva Guimarães.

Na parte superior dessa rua, que forma um espaçoso largo, veem-se algumas cúpulas ou pequenas rotundas de pedra, dentro das quais se acham figurados os passos da paixão de Cristo em imagens de tamanho natural, e são especial objeto da veneração e curiosidade de quantos visitam aquela localidade.

O arraial derramado em ruas irregulares pelo pendor das colinas em uma e outra margem do rio, tem um aspecto alegre e pitoresco, e seus arredores monticulosos apresentam às vezes risonhas paisagens e aprazíveis perspectivas.

Eis o novo cenário, a que havemos transportado o nosso herói. O espetáculo não podia deixar de ser curioso e interessante, e nem a nova fase de vida, em que ia entrar, deixaria de ter encantos para um menino que tanto gostava das práticas de devoção religiosa, e tão forte tendência mostrava para o misticismo. Contudo aquele filho do sertão, acostumado a percorrer livre como o veado os campos e bosques da fazenda paterna, não pôde a princípio deixar de estranhar a severa reclusão e imprescritível regularidade daquela vida monótona e compassada do seminário. Mas o gênio pacato, e a extrema docilidade de Eugênio, ajudadas pela bossa da beatividade ou veneratividade, que a tinha muito desenvolvida, fizeram com que em menos tempo do que qualquer outro se habituasse e tomasse gosto mesmo pelo seu novo gênero de vida, como se fosse o elemento em que nascera.

Só uma coisa perturbava o seu bem-estar, e lançava uma sombra na limpidez e serenidade do seu horizonte. Era a saudade imensa que tinha do lar paterno e especialmente de Margarida, saudade que nem o tempo, nem os seus novos hábitos e ocupações puderam jamais arrancar-lhe do coração.

Nas orações, na igreja, no recreio, nas horas de estudo e de repouso, Eugênio encontrava sempre mil motivos que lhe avivavam na ideia a imagem de Margarida.

Na missa, ao entrar na igreja na fila de seus companheiros, se perpassando um olhar rápido e furtivo pelo grupo das mulheres ajoelhadas abaixo das grades divisava entre elas alguma linda e graciosa menina, se lhe afigurava ver Margarida, e se não fora o regente, que postado por detrás dos estudantes passeava sobre eles olhares severos e vigilantes, Eugênio não resistiria à tentação de olhar para trás algumas vezes a fim de iludir as saudades de Margarida contemplando uma criatura que com ela se parecesse.

Da madrugada aos domingos Eugênio acordava em sua cama ao som dos hinos sagrados, que o povo assistindo à missa matinal entoava na capela. No meio daquela multidão de vozes de todos os timbres e volumes, que faziam restrugir o santuário, e que ecoavam por fora em acentos melancólicos e solenes ele distinguia uma voz argentina fresca e suave. Margarida lhe acudia ao pensamento, Margarida, quando defronte do pequeno oratório entoavam juntos esses cânticos singelos e tocantes, repassados de mística piedade, que ambos sabiam de cor desde a mais tenra infância. Era assim que Margarida cantava! Eugênio abandonava-se a uma espécie de êxtase cheio de voluptuosidade; sua alma subia ao céu nas asas do amor e da devoção, porém envolta em uma sombra de melancolia.

Depois do meio-dia e à tardinha a sineta do seminário tangia alegre a hora do recreio.

Então a turba dos seminaristas com suas batinas e barretes negros, divididos em quatro turmas segundo as idades – grandes, médios, submédios e meninos –, despenhava-se fora das portas como uma nuvem de melros pretos a quem se abriu a entrada do viveiro, e se derramava pelo pátio, pelo quintal, pelo adro da capela e pelas colinas vizinhas, uns tagarelando, outros assobiando ou cantando, outros tocando flauta, clarineta e outros instrumentos, fazendo uma algazarra confusa, imensa, atroadora. Era ainda um coro de melros cantando, saltando, esvoaçando ao longo de vicejante e risonha encosta.

O regente dos submédios, entre os quais se achava Eugênio, costumava dirigir sua turma para o lado do quintal a uma extensa esplanada ou terraço formado por um muro, que serve de cerco à quinta, cujo terreno mais elevado fica a cavaleiro sobre uma rua erma e quase sem casas, que corre ao lado do seminário.

Há nessa esplanada um belo grupo de magníficas e giganteias castanheiras silvestres, e viam-se também ali naquele tempo frescos e sombrios caramachões de maracujá, e lindas latadas de flores trepadeiras. Gozava-se ali um ambiente fresco e perfumado, e a vista se expandia ao longe por alegres e formosos horizontes.

Enquanto seus companheiros brincavam, corriam, saltavam e garrulavam, balançando-se em gangorras, ou trepando pelas árvores, Eugênio se isolava, e sentado no paredão olhava para os outeiros e espigões que se desdobravam diante de seus olhos.

Se via um grupo de mulheres passeando ao longo das colinas verdes, e entre elas alguma menina, seu coração suspirava. Margarida! murmurava ele, e aquele nome tão doce, que lhe escapava como um soluço do fundo do coração, ia morrer nas asas da brisa perfumada, abafado pela algazarra de seus alegres companheiros. Era um arrulho de juritis perdido no meio da atroadora garrulice dos melros.

Outras vezes ficava olhando para o ocidente. Era desse lado que ficava a sua terra natal. Por largo tempo ficava com os olhos pregados nas nuvens brilhantes, que como franjas de ouro pairavam sobre os cumes das últimas colinas, e lá iam boiando a atufar-se no vapor esbraseado do ocidente. Ele se transportava em espírito para o seio daquelas nuvens de ouro, donde pensava poder-se enxergar as colinas e vargedos da fazenda paterna, e dali conversava com a saudosa companheira de sua infância. Tinha inveja da andorinha e do corvo, que talhando os ares lá se iam perder nas douradas brumas do ocaso demandando os sítios venturosos, onde morava a bem querida do seu coração, e pesaroso por não poder acompanhá-los dizia-lhes do íntimo d'alma – dai saudades à Margarida!

O sino da capela badalando ave-marias o vinha despertar daquelas doces e saudosas cismas.

– Anda, sorumbático!... Vamos, meu sonso!... Que estás aí banzando?[4] – bradavam-lhe seus galhofeiros e alegres companheiros.

Então os meninos, descobrindo-se, com as mãos postas dentro de seus barretes, os olhos baixos, e a fronte venerabunda, postavam-se em semicírculo em face do regente, e murmuravam em voz baixa a prece das Ave-Marias.

Eugênio, posto que com o espírito preocupado pelas inquietações e saudades de um afeto terreno, rezava com mais fervor e recolhimento do que seus frívolos e descuidosos companheiros. Seu espírito apurado ao fogo de um amor infantil e casto, como o sutil e rosado vapor da manhã despegava-se da terra com facilidade remontando ao firmamento.

As puras e santas afeições da alma, longe de a desviarem do caminho do céu, são asas com que mais depressa se eleva ao trono de Deus.

---

4. Cismando; refletindo.

Capítulo V

NO SEMINÁRIO O MENINO Eugênio era um exemplo de boa conduta e aplicação. Cordato, dócil e obediente, depressa grangeou a benevolência e estima dos padres, e a simpatia de seus companheiros. No estudo porém não deu a princípio muito boas contas de si, não apresentou os progressos que eram de esperar de sua boa memória e inteligência.

A imagem de Margarida e a saudade do lar paterno enchiam-lhe de sobra o espírito e o coração para deixarem lugar às fastidiosas lições de gramática latina. O compêndio de Antonio Pereira foi para ele um pesadelo, debaixo do qual teve de gemer e suar por alguns meses. Lia e relia as páginas da lição a ponto de as esfarelar para conseguir gravar na memória algumas palavras. É que eram seus olhos somente que passeavam por sobre aquelas letras mortas, que nada diziam ao seu espírito.

Aquelas definições e classificações tão frias e áridas, aquelas enfiadas enfadonhas de declinações e conjugações, como um bando de morcegos e corujas recusavam-se obstinadamente a penetrar no cérebro inflamado do adolescente, onde como em um santuário ardente e luminoso fulgurava incessantemente a imagem de Margarida. Se desde o começo lhe tivesse posto nas mãos o livro dos *Tristes* de Ovídio[1]

---

1. *Ovídio (43 a.C.-18 d.C.)*: distinto poeta romano, autor de *Ars Amatoria* (*A Arte de Amar*) e *Metamorfoses*, entre outras obras.

ou as *Églogas* de Virgílio[2], talvez aquela alma impressionável e apaixonada tivesse mais depressa congraçado com o latim.

Foi pois com muita lentidão e um insano trabalho, que só a muita perseverança e força de vontade tornara suportável, que Eugênio conseguiu ir gravando na memória os seus rudimentos de latim.

Entretanto era preciso saber para ser padre, e portanto Eugênio entregava-se ao estudo com ardor inexcedível, e fazia esforços inauditos para banir do espírito a sedutora visão que o perturbava. Neste empenho a sua tendência ao misticismo e à vida religiosa vieram eficazmente auxiliá-lo, e mesclando-se às suas afeições terrenas contribuíram não para extingui-las, mas para enfraquecê-las até certo ponto tirando-lhes o caráter ardente e inquieto, e confundindo-as com aquele culto respeitoso e sereno, com aquela adoração calma e estática, que o menino consagrava à Virgem Mãe de Deus.

Amor e devoção se confundiam na alma ingênua e cândida do educando, que ainda não compreendia a incompatibilidade que os homens têm pretendido estabelecer entre o amor do criador e o amor de uma de suas mais belas e perfeitas criaturas – a mulher –; a mulher, que Deus criou para amar e ser amada, a mulher, que sem o amor é como a caçoula[3] de perfumes, a que o ministro do templo esqueceu-se de comunicar o fogo santo, que os faz arder e subir em nuvens rescendentes a beijar os pés de Deus.

Assim, o coração naturalmente afetuoso e terno de Eugênio, não podendo dar ampla expansão a seus afetos mun-

---

2. *Virgílio (70 a.C.-19 a.C.)*: poeta romano dos mais importantes da literatura universal, além das *Églogas* (*Bucólicas*) é também autor das *Geórgicas* e da epopeia *Eneida*.

3. *Caçoula*: recipiente para queima de incenso.

danos, se refugiava no ascetismo da devoção religiosa, e derramava-se com efusão aos pés do altar, sem que esse culto da divindade excluísse dele o terno sentimento que experimentava por Margarida, sentimento de que ele ainda ignorava a natureza, e nem lhe sabia o verdadeiro nome.

Volvendo ao céu o pensamento nas asas da oração, nessas horas de êxtase e de místico recolhimento, por entre os coros de anjos que rodeavam o sólio[4] estrelado da Rainha de todos os santos[5], ele entrevia o faceiro e mimoso rosto de Margarida, e adorava-a também.

Assim essa afeição pura e casta, a qual se ainda não era o amor, era a sua fecunda e brilhante crisálida, amenizava e como que embalsamava com seu tépido bafejo os atos de devoção e a austeridade da vida claustral, enquanto a devoção, por seu lado, mitigando os ardores e impaciências daquele sentimento, impedia que se tornasse uma paixão imperiosa e fatal.

Tinham os padres em muito apreço e estima as belas qualidades de Eugênio, e principalmente a decidida vocação que revelava para o estado clerical. Ignorando o que se passava no íntimo de seu coração assentaram de animá-lo e corroborá-lo naquele santo propósito com exortações e leituras adequadas a esse fim.

Naqueles tempos os dignos e veneráveis sacerdotes da Congregação da Missão de São Vicente de Paulo, aos quais tantos benefícios deve a província de Minas, não se descuidavam de empregar meios para atrair neófitos ao seio daquela respeitável corporação. Como os jesuítas, porém com mais escrúpulo e menos violência, procuravam dirigir a educação moral e intelectual dos meninos de modo a inspirar-

---

4. *Sólio*: trono.
5. *Rainha de todos os santos*: a Virgem Maria, mãe de Jesus Cristo.

-lhes gosto pela vida ascética dos claustros e a resolvê-los a tomar a loba[6] e o barrete de congregados.

Não ficaram totalmente sem fruto os seus esforços, e viram-se muitos moços de famílias distintas alistarem-se nas fileiras dos filhos de São Vicente.

Notando as felizes disposições de Eugênio, os padres não podiam deixar de nutrir a esperança de vê-lo no seu grêmio, e para esse fim empregavam desde já habilmente os meios convenientes.

Passaram-se assim dois anos, em que a vida correu para Eugênio, senão descuidosa e prazenteira como na fazenda paterna, ao menos serena e sem dissabores. Cada vez mais estimado dos padres e benquisto de seus companheiros, à medida que seu coração se ia acalmando, sua inteligência se desobumbrava[7], e fazendo rápidos progressos compensava largamente o tempo perdido com a dificuldade dos primeiros esforços.

É verdade que a imagem de Margarida nunca lhe saía do coração, mas já não o incomodava tanto, nem lhe agitava o espírito como outrora. Ela lhe aparecia como a figura de um anjo, desenhando-se ao longe e sorrindo-lhe tristemente por entre as brumas melancólicas do horizonte vaporoso. A lembrança de Margarida era já em sua alma essa saudade meiga e maviosa, que nos faz assomar aos lábios um triste sorriso através de uma chuva de lágrimas consoladoras, e não essa saudade amarga e pungente, que nos espreme o coração, e dele faz borbotar lágrimas de fel e de sangue.

Passados dois anos porém, um incidente veio perturbar a uniformidade suave e serena, se bem que um pouco melancólica, da vida de Eugênio. Um dia a íntima confiança que merecia de seus mestres e diretores, ia-se abalando profundamente.

6. *Loba*: batina.
7. *Desobumbrava*: iluminava.

Eugênio já tinha entrado para a terceira classe de latim, e começando a traduzir o livro dos *Tristes* de Ovídio e as *Éclogas* de Virgílio sentiu-se tomado de um vivo gosto pela poesia. Para isso o predispunham sua terna sensibilidade e ardente imaginação. Só esperava a mão, que viesse correr aos olhos de sua inteligência inexperta o véu que encobre esses desconhecidos e encantados horizontes, essas paisagens fantásticas e deslumbrantes, tão cheias de magia, de luz e de harmonia, em que os espíritos elevados encontram tão grato abrigo contra a insipidez e as asperezas da vida real.

Virgílio de um lado e Ovídio do outro deram-lhe as mãos e o introduziram no templo da harmonia.

Era mais um precioso achado para aquela imaginação viva e brilhante, para aquele coração tão rico de afetos. Mais uma corda virgem acabava de ser vibrada naquela feliz e delicada organização. À devoção e ao amor vinha juntar-se mais um novo encanto na vida do adolescente; mais um eco acordava melodioso no seio dessa alma tão cheia de harmonias íntimas e misteriosas.

Religião, amor, poesia, eis os elementos que bastavam para encher aquela existência e torná-la a mais feliz do mundo. Eram como três anjos de asas de azul e ouro, que esvoaçavam de contínuo em torno dessa alma infantil e cândida, e a arrebatavam aos céus em gozos inefáveis.

Deus, Margarida e a musa formavam como uma tríplice auréola, que cingiria a fronte de Eugênio de glória, amor e beatitude, se os destinos do homem pudessem correr sempre na vida serenos e risonhos, como soem se nos antolhar nos sonhos dourados de puerícia.

Eugênio, pois, ao ler os primeiros versos de Virgílio, sentiu na fronte o bafejo do anjo da poesia que dava-lhe à alma como um sentido mais, abrindo nela uma nova fonte de suaves e inefáveis emoções. As *Éclogas* do imortal Mantuano o encantavam. As cenas do amor bucólico o arrebatavam retraçando-lhe na fantasia em cadentes e melodiosos versos os singelos e aprazíveis painéis da vida campesina, em que tantas vezes ele figurara como ator, e fazendo-lhe lembrar com a mais viva saudade o ditoso tempo, em que junto com Margarida errante pelos vargedos e colinas da fazenda paterna lidava com o pequeno rebanho de Umbelina. A não ser padre santo – que era até então a sua mais forte aspiração –, a vida que mais lhe sorria à imaginação era a de pastor, contanto que fosse em companhia de Margarida.

Não contente com admirar e sentir as belezas desses grandes poetas, Eugênio que tinha em si um grande fundo de sentimento e calor poético, ensaiava-se às vezes procurando traduzir em estrofes as emoções de seu coração, e as imagens que lhe pululavam no espírito. E quem senão Margarida, aquela beleza em botão, poderia inspirar os cantos daquela musa ainda no berço?...

Mas um dia, como eu ia contando, Eugênio esteve a ponto de perder todo o bom conceito e estima, que até então tinha merecido de seus preceptores.

Eugênio se ocupava às vezes em escrever algumas coisas, que não eram os seus temas de latim, e escondia cuidadosamente esses manuscritos, que cismava longamente. Como os meninos estudavam e dormiam em um vasto salão aberto, esta circunstância não pôde escapar aos olhos escrutadores e perspicazes do regente. Picado de curiosidade, este entendeu que devia saber o que continham aqueles papéis. Portanto, na hora do recreio, incumbindo a outro o cuidado de levar os meninos a passeio, deixou-se ficar no salão, e foi dar busca aos papéis de Eugênio, esperando não encontrar entre eles, afora as listas de significados e os temas de latim, senão algum esboço de sermão ou talvez algum ensaio de hinos religiosos, com cuja leitura já de antemão se regalava sua ávida curiosidade.

De fato encontrou alguns esboços informes nesse gênero, mas qual não foi a sua surpresa, quando entre esses papéis encontrou também uma longa carta escrita no tom o mais erótico e sentimental e uma porção de versinhos amorosos dirigidos a uma rapariga por nome Margarida!? Que terrível auto de corpo de delito! Que sentença esmagadora, que anátema tremendo pairava então sobre a loura cabeça de Eugênio, que a essa hora sentado como de costume no paredão da esplanada do quintal, tranquilo e descuidoso cismava saudades da sua Margarida!...

Capítulo VI

OS VERSOS DE Eugênio eram apenas alguns ensaios incompletos e de forma tosca e imperfeita, algumas quadrinhas eróticas, e estrofes sem nexo esparsas aqui e acolá em pequenas tiras de papel. Eram as primeiras tentativas de um estro infantil, que ensaiava os voos, como o passarinho novo que não podendo ainda lançar-se pelo espaço, contenta-se com esvoaçar em torno do ninho.

O regente, que era também o seu professor de latim, e muito curioso de espécimes desse gênero, conservou alguns desses versos, que lhe pareceram menos toscos e mais bem acabados, como as duas seguintes coplas:

Longe de teus lindos olhos,
Ó Margarida,
Passo a noite, passo o dia
Em cruel melancolia;
Ai! triste vida!
....
Que importa estejas ausente,
Ó bem querida;
O teu formoso semblante
Estou vendo a cada instante,
Ó Margarida

No gênero bucólico o que havia de mais completo e inteligível, era o seguinte:

Enquanto o nosso gado vai pastando
A verde relva ao longo da ribeira,
Vamos, Menalca, repousar um pouco
À sombra da paineira.
Ali tu ressoando a doce avena
A Clore cantarás, que é tua vida;
E eu te escutando chorarei saudades
Da minha Margarida.
....
Mas basta; a sombra desce dos outeiros,
E o Sol se esconde atrás daquela ermida,
É tempo de ir buscar o manso gado
Da minha Margarida.

O padre regente, conquanto admirasse o precoce talento poético do menino, foi às nuvens com semelhante descoberta, e tratou logo de sequestrar e ir meter nas mãos do padre-mestre diretor aqueles execrandos papéis, à exceção de alguns poucos que como apreciador do talento de seu aluno quis conservar consigo.

O diretor, cheio de assombro e altamente escandalizado, resolveu chamar à sua presença e interrogar com todo o rigor o autor daquelas libertinagens, disposto a castigá-lo severamente.

– Que hipócrita! – exclamava o padre cheio de santa indignação. – Em tão tenra idade e já com o coração tão corrompido!... ah! velhaquete!... e andava-me aqui com carinha de santo!... que castigo merece uma hipocrisia tal!...

Pobre menino!... aquela ingênua expansão de uma alma pura e afetuosa, que sabia ainda conciliar o culto do criador com o amor da criatura, em vez de ser considerada como um interessante fenômeno fisiológico, como o idílio mavioso de um coração de criança, que se expandia como uma flor aos primeiros raios da aurora exalando perfumes de poesia, era pelo contrário aos olhos do fanático preceptor um pecado abominável, uma revoltante hipocrisia.

Portanto, depois que os seminaristas se recolheram do recreio e que a sineta deu sinal da hora do repouso, Eugênio foi intimado pelo seu regente para comparecer no quarto do padre-mestre diretor.

Este chamado era terrível. De ordinário só tinha lugar quando o estudante tinha incorrido em alguma grave falta, e era quase sempre seguido de severas repreensões e por vezes de exemplares e rigorosos castigos. Transido de terror, posto que a consciência nada lhe arguisse, pálido e trêmulo como um réu, que vai ouvir a sentença de sua condenação, o pobre menino atravessou os longos corredores, e encaminhou-se para o cubículo do diretor, que ficava na extremidade do edifício pelo lado da frente.

– Então, senhor Eugênio, que papéis são estes? – foi-lhe logo perguntando sem mais preâmbulos o padre-mestre, com voz áspera e sobrolho carregado, e mostrando os papéis que tinham sido subtraídos da pasta do menino.

Eugênio reconheceu logo os seus papéis; ficou fulminado e lívido como um defunto. Quis responder, mas não atinava com o que havia de dizer. Tremendo e confuso abaixou a cabeça e calou-se.

– Que papéis são estes, senhor Eugênio? não me responderá?... continuou o padre com voz cada vez mais áspera.

Eugênio não respondia. Em pé, imóvel e de braços cruzados em frente do padre, que se achava sentado junto a uma mesa, dir-se-ia que a vergonha e o terror o tinham petrificado, se não fora um leve tremor que lhe agitava o corpo desde a cabeça até aos pés.

– Com efeito, senhor estudante! – prosseguiu o padre com a voz grave e solene – quando nós todos aqui o tínhamos no conceito do melhor e mais bem comportado dos estudantes; quando eu o apontava como um exemplo a seus companheiros, cai-lhe enfim a máscara, e o senhor mostra que não é senão o tipo da mais rematada hipocrisia!... é incrível!... entretanto é a pura verdade!... que quer dizer esta carta?... estes versinhos?... que abominação é esta?... explique-me isto, senhor Eugênio. Então toda essa sua devoção, que tanto nos edificava, essa carinha de santo, esses seus modos humildes não eram mais do que uma máscara para nos enganar, e que encobria um libertino?! é assim que corresponde aos louváveis desejos de seu pai, que tanta vontade tem de vê-lo padre? diga-me, não se peja dentro da consciência do triste papel que está fazendo?...

Que sermão para um menino de quinze anos e para uma alma tímida, boa e sensível como a de Eugênio!...

Eugênio ficou aterrado. Tanto a sua língua como a sua inteligência ficaram como que paralisadas ao choque daquela furibunda apóstrofe. Sua surpresa e estupefação eram completas. Nunca lhe passara pela cabeça, que querer bem a uma criança como ele, e fazer-lhe versos fosse uma abominação, um horroroso pecado, e se procurava ocultar esses produtos do seu estro infantil, era mais por acanhamento e por uma espécie de pudor instintivo, e não porque tivesse consciência de cometer um ato repreensível.

O menino estava em torturas, mas enfim era preciso responder alguma coisa.

– Senhor padre!... me perdoe... – pôde ele enfim responder balbuciando e tremendo. – Eu não sabia... que isso era proibido...

– Isso o quê?...

– Fazer versos...

– Mas que qualidade de versos, senhor estudante?... fazer versos a Deus, aos santos, aos anjos, isso também os santos padres da igreja os faziam, e vossa mercê também lá os tinha no seu calhamaço de envolta com estas abominações... mais este sacrilégio!... E não me fará o favor de dizer quem é esta Margarida?...

– É uma pobre criança, senhor padre, uma menina minha vizinha, e que foi criada junto comigo.

– Ah!... mais essa!... tão criança, e já tinha lá em sua terra dessas relações pecaminosas!... e o senhor seu pai por ventura não sabia disso, quando o mandou para cá a fim de o educarmos para padre? é essa a bela vocação, que ele tanto exaltava? que guapo padre, que em vez de estudar e rezar ocupa-se em fazer cartas e versinhos de amores?...

– Mas, senhor padre... eu não mandei a carta nem os versos para a Margarida...

– Porque não pôde!... e que importa isso?... bastava pensar em tais coisas para cometer um grande pecado, e vossa mercê; não só pensou, como escreveu. Essas paixões pecaminosas e torpes não se devem aninhar no coração de ninguém, e muito menos no de um menino, que se destina ao estado eclesiástico. Meu amiguinho, se pretende continuar com essas abominações, arranque já do corpo essa batina, deite fora esse barrete que está profanando com sua indigna conduta, ponha-se em calças e vá-se com Deus para casa de seus pais. Não consentiremos que esteja aqui pervertendo os outros com o seu pernicioso exemplo. Pode estar certo, que puniremos mais severamente a hipocrisia do que o escândalo. Este não é tão perigoso.

– Oh! senhor padre!... senhor padre! perdoe-me pelo amor de Deus! – exclamou Eugênio, caindo de joelhos aos pés do padre, e não podendo continuar, tapou o rosto com as mãos, e desatou numa torrente de lágrimas e soluços.

Um pouco comovido com aquela cena o padre pegou-lhe no braço, fê-lo levantar-se, e disse-lhe em tom mais brando:

– Está bem!... está bem!... não esteja aí a chorar. Quero acreditar que tudo isto não foi senão efeito da ignorância e simplicidade; mas fique advertido de uma vez para sempre... Levante-se, filho de Deus, enxugue essas lágrimas e faça firme protesto de não cair mais nessas libertinagens. Aqui estão os seus papéis; quero que os queime com as suas próprias mãos, e não pense mais nessa Margarida, que o ia lançando no caminho da perdição.

O padre fez acender uma vela, e o estudante com mão trêmula nela queimou, como se fossem sacrílegos, aqueles inocentes produtos da sua musa infantil.

– Muito bem! – disse o padre vendo caírem no chão umas após outras as folhas denegridas dos papéis queimados. – Muito bem! agora é preciso também queimar nesse coraçãozinho inexperiente o lixo das paixões mundanas e pecaminosas no fogo do amor divino, redobrando de devoção, rezando com muito fervor, impondo-se jejuns e penitências, e suplicando do fundo da alma ao divino Espírito Santo, que lhe ilumine o entendimento e lhe vigore o coração dando-lhe forças para poder combater vitoriosamente contra a tentação do pecado. Para esse fim há de vossa mercê jejuar uma semana inteira e preparar-se para no fim dela fazer confissão geral e receber a comunhão. Tenha paciência, é só por este meio que poderá combater a tentação, que assim o anda desviando da senda de seus deveres, e o pretende arredar de sua santa e verdadeira vocação. Vá; vá para o salão estudar. Por esta vez está relevada a sua falta, e se se arrepender deveras, e emendar-se, continuará a merecer a nossa estima e nossos desvelos. Do contrário o reenviaremos a seus pais; mas espero que o menino não quererá dar-lhes tão grande desgosto.

Capítulo VII

EUGÊNIO ENTROU PARA o salão mergulhado num pego[1] de dor, de vergonha, de terror, e sofrendo o embate de mil diversas e violentas impressões. Seus companheiros de salão olhavam para ele cheios de pasmo.

Em que grave falta teria incorrido aquele bom menino, tão dócil, tão sossegado e estudioso?

– Se aquele, que é um santinho, e nunca falta às suas obrigações, está sujeito a estas, que será de mim, que nem por isso dou muito boas contas de mim, e não sou lá das melhores fazendas! – Assim cada um deles transido de medo pensava em sua consciência.

Eugênio vendo a atenção de que era objeto da parte deles, quereria afundar-se cem braças pela terra abaixo. Sentado sobre o seu tamborete, e debruçado sobre o seu leito, que servia aos estudantes a um tempo de cama e de mesa de estudo, para furtar-se aos olhares curiosos e espantados de seus companheiros enrolou os braços em volta do rosto e assim ficou até à noite exalando de quando em quando soluços abafados.

Aquele estranho acontecimento vinha despertar em seu espírito uma multidão de ideias e reflexões novas, que lhe tumultuavam no cérebro, e o punham na maior tortura e confusão. Não compreendia que mal pudesse haver em querer bem a uma menina e em fazer-lhe versos. Bem sabia que tinha de ser pa-

---

1. *Pego*: abismo.

dre, e esse era o seu mais ardente desejo; sabia igualmente que o padre não pode casar-se, e muito menos amar uma mulher qualquer; mas nunca lhe passou pelo espírito a ideia de casamento com Margarida, nem com quem quer que fosse, nem tampouco que aquela afeição que consagrava à menina, fosse o que se chama amor. Ficou portanto confuso e aterrado, quando aquele sentimento que lhe parecia tão inocente e sem consequência, lhe foi exprobrado como um crime hediondo, um sacrilégio, uma ofensa enorme feita à divindade.

Repugnava-lhe semelhante ideia, mas entretanto sentia que era forçoso curvar-se a ela e submeter-se aos ditames do seu diretor. Mas esquecer-se de Margarida, renunciar para sempre àquela afeição tão pura e suave, que até então lhe havia embalsamado a existência com seus eflúvios celestes, e que constituía por assim dizer a seiva de seu coração, o perfume de sua alma, era um empenho diante do qual o seu espírito recuava espavorido, e a sua inteligência, posto que inexperiente, bem entrevia que isso não lhe seria possível.

Todavia Eugênio, como submisso e dócil que era por natureza, não podia deixar de compreender que o padre diretor devia ter toda a razão, e pressentia que a afeição que votava a Margarida, era um estorvo temível, um escolho, em que iria naufragar irremediavelmente a sua vocação religiosa. E como desejava sincera e ardentemente abraçar o estado sacerdotal, começou a ter um horror, não à pessoa de Margarida – que mal lhe havia feito ou poderia fazer a pobre menina –, mas à ideia de amá-la.

Não podia desprezar e muito menos odiar a sua boa e gentil companheira de infância, mas era forçoso... esquecê-la de todo! não; não o queria, e nem isso era possível, mas era preciso não trazê-la tão de contínuo presente ao pensamento. Nesse intuito Eugênio tentou embalde esforços sobre-humanos.

À tarde, no recreio, em vez de ir assentar-se como d'antes no paredão da esplanada a contemplar as colinas vizinhas e as nuvens douradas do ocidente afogueado pelos últimos clarões do dia, envolvia-se na turba folgazã dos companheiros, e procurava abafar no turbilhão e algazarra de seus trêfegos divertimentos as cismas saudosas que nessas horas, como vapores de rosa nas asas de uma brisa perfumada, costumavam pairar-lhe pelo espírito.

Quando à hora de missa entrava na igreja, desviava os olhos do grupo das mulheres, e quando acordava de madrugada aos sons dos hinos sagrados, ao ouvir aquela voz suave e argentina que lhe fazia lembrar Margarida, cobria bem a cabeça, e tapava os ouvidos com ambas as mãos.

De noite, quando sonhava com ela – e isto sempre lhe acontecia –, despertava benzendo-se, punha-se de joelhos e rezava longamente pedindo a Deus que lhe arredasse do espírito aquela tentação, que até dormindo tanto o perturbava.

Mas debalde Eugênio cerrava os olhos e os ouvidos, debalde procurava furtar-se à influência dessas impressões externas, que lhe falavam de Margarida. De que lhe servia isso, se ele a tinha dentro de si, e não lhe era possível estender um véu que a ocultasse aos olhos da alma, dentro da qual encontrava sempre a sorrir, refulgente de formosura, a imagem de Margarida, como lâmpada sempre acesa dentro de um santuário, e ouvia-lhe constantemente a voz como um eco mavioso, que a viração que passa acorda de contínuo no seio de uma gruta misteriosa.

Era tempo perdido querer riscá-la da lembrança. A encantadora menina cada vez mais louçã e risonha, cada vez mais tentadora, estava sempre a lhe aparecer em sonhos, como um anjo de luz procurando à porfia desvanecer e afugentar as sombras tristonhas que os escrúpulos de uma consciência fanatizada começavam a acumular no espírito do adolescente.

Eugênio cumpriu à risca os jejuns e penitências que lhe foram prescritos durante uma semana, no fim da qual devia prosternar-se no tribunal da penitência aos pés do confessor, e aliviar sua consciência do peso daquele hediondo pecado, o qual entretanto fazia as delícias de sua vida. E quem escolheria ele para seu confessor senão o próprio padre-mestre diretor, que já estava ao fato das fraquezas de seu coração, e das alucinações de sua imaginação?

O menino confessou-se com verdadeira contrição e sinceros desejos de emendar-se, revelando toda a luta íntima, que sustentava sem resultado para banir do espírito a imagem da sua querida Margarida.

O padre deu-lhe animações e conselhos salutares exortando-o a que persistisse naquela luta agradável aos olhos de Deus, e que tivesse fé e esperança na misericórdia divina, que alcançaria segura e completa vitória. Entre outras muitas coisas santas e salutares que disse ao menino, fez-lhe ver que decerto Margarida, como criança que era, já há muito dele se teria esquecido, e que não era senão o demônio que tomava a figura dessa menina para perturbar-lhe o espírito, arredá-lo de uma santa vocação, e arrastá-lo ao caminho da condenação eterna; que se lembrasse que o espírito das trevas querendo perder nossos primeiros pais transformou-se em uma serpente, que enleando-se submissa e dolosa aos pés de Eva, lançou-lhe n'alma o gérmen da desobediência e da cobiça, o que fez perderem para sempre, ela e o seu companheiro, as delícias do paraíso terreal.

Como remédio prático para combater a tentação recomendou-lhe que se desse a trabalhos incessantes do corpo e do espírito; exercício ativo e violento mesmo nas horas de recreio, lição dobrada a estudar na ocasião do repouso, e sobretudo orações, penitências e mortificações durante a noite.

O estudante ouvia com a maior atenção, e recolhia no fundo da alma todos os conselhos e exortações do padre, disposto a pô-los em prática imediatamente. De todas as coisas porém, que disse o padre, a que mais profunda mossa[2] deixou em seu espírito, foi a alusão da serpente no paraíso. Lembrou-se da cobra que se tinha enleado ao corpo de Margarida, quando era pequenina, das palavras que então sua mãe proferiu com respeito à serpente que tentou Eva no paraíso, e estremeceu.

Havia ali uma terrível analogia de situações, que ele sentia confusamente; as sinistras apreensões de sua mãe pareciam tender a realizar-se, e um terror vago se apoderou da alma de Eugênio.

O estudante seguiu à risca todas as exortações e conselhos do padre.

Na ocasião do recreio corria, saltava, lutava, jogava a bola e a peteca sem dar um instante de repouso ao corpo.

Nas horas do repouso estudava a morrer, e quando já não tinha lição a estudar pegava em qualquer livro pio, e lia, lia incessantemente.

Quando vinha a noite achava-se fatigadíssimo, mas em vez de entregar-se ao descanso que a natureza reclamava, conservava acesa a sua lâmpada até horas mortas da noite, rezando ou estudando, e quando a apagava ficava ainda ajoelhado e de braços abertos sobre o leito, até que um sono irresistível o viesse prostrar nele.

No fim de algum tempo Eugênio estava magro, pálido, alquebrado, que mais parecia uma múmia ambulante. Tinha-se de todo amortecido o brilho de seus grandes olhos azuis, e rugas precoces sulcavam-lhe as faces macilentas. O adolescente de dezesseis anos tinha visos de um ancião às bordas da sepultura.

---

2. *Mossa*: marca; perturbação.

Estes estragos físicos não deixaram também de repercutir de um modo deplorável no moral e na inteligência. O espírito de Eugênio, a princípio exaltado pela forte tensão em que o mantinha aquela luta travada consigo mesmo, por fim extenuado de cansaço acabou por tornar-se moroso e pesado. Sua terna e delicada sensibilidade embotou-se, ou antes apagou-se no gelo de um beatismo frio, austero e sem arroubos. Essa imaginação tão viva e risonha, que como travessa borboleta esvoaçava entre o céu e a terra, entre as flores da colina, e as nuvens matizadas dos brilhantes horizontes, queimou as asas de ouro na luz da candeia fumacenta do estudo e da oração.

Seu caráter mesmo modificou-se profundamente, e esse menino outrora tão benigno, tão complacente e comunicativo, posto que algum tanto retraído e melancólico, foi-se tornando de mais em mais seco e frio, desconfiado e sorumbático. Andava como um fantasma, de cabeça baixa e movimentos compassados e vagarosos. O olhar frouxo e estatelado tinha perdido essa travessa mobilidade, esse fulgor transparente próprios dos verdes anos.

Fatal e deplorável poderio do fanatismo sobre um espírito novel e exaltado, acessível a todas as alucinações!

Para esquecer Margarida era preciso quebrantar o corpo a ponto de o reduzir quase a cadáver, embrutecer o espírito e mirrar o coração, e Eugênio não trepidou diante de tão horrível alternativa. À força de trabalhos e insônias, de orações, jejuns e mortificações continuadas, caiu em tal estado de prostração, de atonia física e moral, que embotando-se-lhe de todo a sensibilidade e quase extinto o lume da inteligência, o rapaz ficou como que reduzido a um autômato.

Naquele descalabro geral de todas as impressões vivas, de todas as emoções afetuosas, de toda a crença no amor e na felicidade neste mundo, naturalmente também a imagem de Margarida, arrebatada no comum naufrágio, devia ter--se apagado naquele coração, e Eugênio julgou ter conjurado para sempre a tentadora aparição, que lançava a perturbação em sua alma. Era verdade: o anjo luminoso desaparecera de seu espírito, como de um santuário deserto onde a lâmpada se havia apagado, ficando reduzido a uma espelunca tristonha, gélida e sombria, e apenas de longe em longe pairava sobre ele, e lançava-lhe no seio um reflexo pálido como luz de uma estrela afogada entre nuvens.

Eis como uma educação fanática e falseada, abusando de certas predisposições do espírito, lança naquela alma o gérmen de uma luta íntima e cruel, que fará o tormento de toda a sua vida, e o arrastará talvez à última desgraça, se a misericórdia divina dele não se amercear.

Capítulo VIII

HAVIA JÁ QUATRO anos que Eugênio se achava no seminário sem visitar sua família. Seu pai já por vezes tinha escrito aos padres pedindo-lhes que permitissem que o menino viesse passar as férias em casa. Estes porém já de posse dos segredos da consciência de Eugênio, receando com razão que as seduções do mundo o arredassem do santo propósito em que ia tão bem encaminhado, opuseram-se formalmente, e responderam-lhes fazendo ver que aquela interrupção na idade em que se achava o menino era extremamente perigosa, e podia ter péssimas consequências desviando-o para sempre de sua natural vocação.

Uma ausência porém de quatro anos já era excessiva para um coração de mãe, e a de Eugênio, principalmente depois que soube que seu filho andava mofino e adoentado, não pôde mais por modo nenhum conformar-se com a vontade dos padres. Estes portanto, muito de seu malgrado, não tiveram remédio senão deixá-lo partir.

A viagem, o movimento, as distrações, o ar livre restituíram em breve tempo à feliz organização do mancebo o viço e o vigor natural, que a longa enclausuração e a vida ascética lhe iam apagando tanto no físico como no moral. À medida que viajava e ia se avizinhando ao lar paterno, ia-se de novo acendendo o brilho dos seus olhos, voltavam-lhe as cores ao rosto pálido, e com elas voltavam-lhe também a enxamear no espírito as fagueiras recordações dos brincos da infância em companhia de sua bem-querida companheira, como um bando de passarinhos, que depois de uma longa invernada saem das moitas a esvoaçar, espanejar-se e cantar pelos ramos floridos do vergel aos raios de uma formosa manhã de agosto.

Eugênio ardia de impaciência por tornar a ver a casa paterna, os sítios amados, onde passara a infância com Margarida. Em sua inexperiente confiança já não receava perigo algum em ver em carne e osso aquela encantadora menina, da qual somente a lembrança outrora o assustava, pois julgava-se bastantemente premunido pelos conselhos e exortações do padre contra qualquer sedução do mundo, e abandonava-se sem reserva às suaves emoções, e ao alegre alvoroço, que lhe ofegava no coração.

O dia da chegada de Eugênio foi um dia de festa em casa do capitão Antunes. Pai e mãe se extasiavam diante do filho, e não se fartavam de contemplá-lo admirando-lhe o porte e o crescimento, as maneiras e o rosto já tão graves e sisudos, e enfim aquele todo verdadeiramente sacerdotal.

Como Eugênio chegara a casa quase à noite, somente na manhã do dia seguinte Umbelina e sua filha puderam ir cumprimentar e visitar o recém-chegado, o pequeno padre, como já chamavam a Eugênio. Apenas este deu com os olhos em Margarida, sentiu um abalo estranho, uma perturbação extraordinária; corou e empalideceu no mesmo instante, ficou trêmulo, confuso e tolhido, como se tivesse diante de seus olhos um espectro ameaçador, e apenas pôde balbuciar um cumprimento embaraçado.

Quanto a Umbelina, essa saltou logo com sofreguidão ao colo do rapaz, apertou-o nos braços, beijou-o na testa dirigindo-lhe os mais bizarros cumprimentos.

– Santo Deus! como está grande e bem-parecido!... está um homem feito... e já está com um caráter de padre santo!... quem há de dizer, comadre, que este é aquele mesmo menino que eu ainda outro dia carregava num braço e esta menina no outro e levava para casa para dar-lhe bananas e biscoitos, de que ele tanto gostava?... Meu Deus, como o tempo corre depressa!...

Enquanto Umbelina se desabafava nestes e outros cumprimentos, Eugênio confuso e embaraçado olhava de esguelha para Margarida não ousando fitá-la, e estava cheio de pasmo e de surpresa. Não contava com a mudança que quatro anos poderiam operar no desenvolvimento da menina, e cuidava vir ainda encontrar pouco mais ou menos a mesma inocente e linda criança que deixara, assim como ele. Eugênio, com ser mais velho dois anos, não havia feito mudança notável, e ainda se considerava menino. Não sabia que o desenvolvimento nas mulheres se opera com muito maior rapidez, e ficou assombrado quando em vez de uma menina, que esperava pôr sobre os joelhos e brincar com ela como nos bons tempos de outrora, viu apresentar-se diante de seus olhos uma linda mocetona, alta, garbosa, benfeita e em toda a plenitude de seu desenvolvimento.

De fato, a interessante menina em quatro anos tinha-se transformado na mais encantadora moça.

A tez era de um moreno delicado e polido, como resvalando uns reflexos de matiz de ouro. Os olhos grandes e escuros tinham essa luz suave e aveludada, que não se irradia, mas parece querer recolher dentro d'alma todos os seus fulgores à sombra das negras e compridas pestanas, como tímidas rolas, que se encolhem escondendo a cabeça debaixo da asa acetinada; as sobrancelhas pretas e compactas davam ainda mais realce ao mavioso da luz que os inundava, como lâmpadas misteriosas de um santuário. Os cabelos, uma porção dos quais trazia soltos por trás da cabeça, lhe rolavam negros e luzidios sobre os ombros como as catadupas enoveladas de uma cachoeira. Ao mais leve sorriso, que lhe entreabria os lábios, cavavam-lhe nas duas mimosas faces com uma graça indefinível essas feiticeiras covinhas, que o vulgo chama com tanta propriedade – grutas de Vênus. A boca, onde o lábio inferior cheio e voluptuoso dobrava-se graciosamente sobre um queixo redondo e divinamente esculturado, a boca era vermelha, fresca e úmida como uma rosa orvalhada. O colo, os ombros, os braços, eram de uma morbidez e lavor admiráveis.

Sua fala era uma vibração de amor, que alvoroçava os corações, o olhar como luz de lâmpada encantada, que fascina e desvaira; o sorriso era um lampejo de volúpia, que fazia sonhar com as delícias do Éden.

Era enfim o tipo o mais esmerado da beleza sensual, mas habitado por uma alma virgem, cândida e sensível. Era uma estátua de Vênus animada por um espírito angélico.

Ainda que Eugênio não conhecesse e amasse Margarida desde a infância, ainda que a visse então pela primeira vez, era impossível que toda a virtude e austeridade daquele cenobita[1] em botão não se prostrasse vencido diante daquela deslumbrante visão.

Margarida estava vestida de cor-de-rosa com muita graça e simplicidade; tinha por único enfeite na cabeça um simples botão de rosa. Eugênio esteve por muito tempo mudo e entregue a um indizível acanhamento diante da companheira de sua infância, como se se achasse em presença de uma alta e poderosa princesa.

Foi a tia Umbelina quem primeiro rompeu o silêncio:

– Está com efeito um mocetão o senhor Eugeninho!... há de dar um bonito padre.

---

1. *Cenobita*: monge.

O estudante olhou para Margarida como quem dizia – nunca! – Corou e abaixou os olhos sorrindo tristemente, como o faria a mais pudica donzela. Aquele cumprimento de bonito padre, que lhe era lançado em face ali em presença de Margarida, causou-lhe uma estranha e desagradável impressão.

– É isso mesmo – continuou Umbelina em ar de gracejo –, já não conhece os seus amigos velhos ou daqui a pouco é senhor padre, senhor vigário, e nem há de querer mais olhar para a gente, não é assim, senhor Eugeninho?

– Não diga isso nem brincando, tia Umbelina – replicou Eugênio cada vez mais enfiado. – Deus me livre de fazer pouco caso de ninguém, quanto mais da gente de casa, de quem eu tinha tanta saudade. O que me admira é ver a dona Margarida como cresceu tanto e ficou moça tão depressa.

– Toma lá, menina! – exclamou Umbelina dando uma risada – está-te dando de dona!... que dizia eu?... para ele já somos como gente estranha. Já se esqueceu que ainda o outro dia brincavam juntos?... deixemo-nos de donas aqui, senhor Eugênio; esta menina é para vossa mercê o mesmo que uma irmãzinha. Quero vê-lo tal qual era dantes.

– Mas ela... já está tão... já está moça... – ia gaguejando Eugênio no maior enleio, – e eu achava... que...

– Tem razão, meu filho – atalhou a mãe acudindo ao embaraço do filho –; nem sempre a gente é criança; Margarida já está ficando uma senhora, e você não pode tratar *a ela* agora, como no tempo em que brincavam juntos o *esconde--esconde*.

– Assim deve ser mesmo – retorquiu Margarida com um sorriso cheio de encanto, mas um tanto malicioso –; minha madrinha tem razão; também ele já está ficando um homem sério, e eu daqui em diante não devo tratar senão pelo "senhor Eugênio", não é assim, mamãe?

– Sem dúvida, minha filha. Agora vou caindo em mim, e vejo que todos têm razão. Nem todo o tempo é um. Algum dia ainda pode acontecer, que te ajoelhes aos pés ali do senhor Eugênio no confessionário, e é bom desde já ir-te acostumando a tratá-lo com o respeito que lhe é devido.

Margarida e Eugênio olharam um para o outro. Lembraram-se do juramento mútuo, que se haviam feito havia quatro anos a respeito de confissão, no vargedo junto às paineiras da ponte, e uma abaixou os olhos e corou; o outro, que já estava rubro a não poder mais, empalideceu.

Com aqueles gracejos Eugênio tornava-se cada vez mais tolhido e desconcertado, coçava a cabeça, mordia os beiços, e estava quase a chorar de desapontamento. O título de padre, que até então lhe parecia tão bonito, naquela ocasião não sei porque lhe causava arrepios e lhe parecia horrivelmente áspero e desentoado.

Margarida principalmente, que havia herdado um pouco do espírito cáustico e zombeteiro de sua mãe, trazendo à conversa também a sua pilhéria, tinha acabado de desconcertar e desorientar completamente o pobre rapaz. Vendo porém quanto o afligia e incomodava aquela conversação, arrependeu-se no íntimo d'alma, e como corrida de seu próprio procedimento procurou repará-lo do melhor modo que pôde.

– Queira perdoar-me, se o agravei, senhor Eugênio – disse-lhe com meiguice. – Nós estamos brincando, e não temos a menor intenção de incomodá-lo. Eu não me lembrava que não estamos mais naquele nosso bom tempo em que eu lhe dizia quanta asneira me vinha à boca, sem que o senhor desse o cavaco...

– Eu dar o cavaco?! – está enganada!... – disse o rapaz levantando-se e forcejando por mostrar-se lesto e desembaraçado. – Podem caçoar, quanto quiserem, que eu nem dou fé.

Entretanto não teve remédio senão ir colocar-se a uma janela a fim de ocultar a perturbação e desapontamento que lhe transtornava a fisionomia.

– Aqui ninguém é capaz de caçoar com vossa mercê, senhor Eugênio – acudiu Umbelina. – Deus nos livre de tal. Estamos gracejando; a gente também não há de estar sempre séria como uma abadessa: de vez em quando é preciso rir um bocado.

– Diz muito bem, comadre – atalhou a senhora Antunes –; a gente deve divertir-se. Isso do Eugênio, é acanhamento que trouxe do seminário; logo há de se ir desembaraçando... apre!... como faz calor!... vamos nós passear à horta, hein, comadre?...

– Pronta!... vamos; vamos todos. Lá conversaremos à vontade, e o nosso Eugênio vendo os lugares em que brincou em criança, talvez perca metade do acanhamento.

Capítulo ix

A EDUCAÇÃO CLAUSTRAL é triste em si e em suas consequências; o regime monacal, que se observa nos seminários, é mais próprio para formar ursos do que homens sociais. Dir-se-ia que o devotismo austero, a que vivem sujeitos os educandos, abafa e comprime com suas asas lôbregas e geladas naquelas almas tenras todas as manifestações espontâneas do espírito, todos os voos da imaginação, todas as expansões afetuosas do coração.

O rapaz que sai de um seminário depois de ter estado ali alguns anos, faz na sociedade a figura d'um idiota. Desazado, tolhido e desconfiado, por mais inteligente e instruído que seja, não sabe dizer duas palavras com acerto e discrição, e muito menos com graça e afabilidade. E se acaso o moço é tímido e acanhado por natureza, acontece muitas vezes ficar perdido para sempre.

Eis a razão porque Eugênio, que todos desejavam e esperavam ver brilhar na conversação como um pequeno sábio, representou o papel tristíssimo que vimos, diante de pessoas que desde a infância lhe eram familiares. Não era por certo, que ele não sentisse no cérebro um turbilhão de ideias, e mil sentimentos estuarem-lhe no coração; mas é que o espírito está sujeito às mesmas leis do corpo a certos respeitos. Como aquele, que esteve longos anos encarcerado, ao sair da prisão não pode mover mais os membros entorpecidos, assim o espírito recluso largo tempo entre as paredes de um claustro, atado continuamente ao poste do estudo forçado e da oração, sente-se paralisado, quando lhe é mister desenvolver-se em uma esfera mais ampla e mais livre.

Verdade é que a situação de Eugênio era naquela ocasião sobremaneira melindrosa. Seu coração passava por uma crise violenta e profunda, como o leitor pode imaginar. Se a imagem da simples e travessa menina de doze anos não se tinha apagado do espírito durante uma ausência de quatro anos, a presença real dela agora transformada em mulher, antes em anjo radiante de mocidade e formosura, o havia deslumbrado e subjugado completamente, ameaçando deitar por terra toda a sua vocação clerical, e anular de todo o resultado dos esforços empregados pelos padres durante quatro anos de noviciado.

O mancebo já se envergonhava de querer ser padre, e todas as vezes que olhava para Margarida, não podia conformar-se com semelhante ideia.

A visita de Umbelina e sua filha, como é de costume na roça, durou quase todo o dia. As vizinhas, em companhia da dona da casa e de Eugênio, correram a casa toda, foram ao moinho, ao paiol, passearam pelo quintal, comeram frutas, colheram flores, jantaram e tomaram café três ou quatro vezes. Eugênio as acompanhava mas quase sempre um pouco afastado, taciturno e sorumbático, e apenas dizendo uma ou outra palavra, quando sua mãe ou Umbelina o interpelavam. Estava como que espantado, com os olhos fitos em Margarida, querendo falar, e não achando nada que dizer. As grandes emoções lançam uma nuvem no espírito e paralisam a língua.

Margarida, porém, que ainda não tinha sido iniciada nos rigores e escrúpulos da vida claustral, e por cujo espírito nunca passara a ideia de ser freira, abandonava-se com efusão à alegria de tornar a ver o seu companheiro de infância, e sorria, cantava, brincava como uma borboleta por entre os canteiros florescidos do jardim, ou pelas sombras do pomar, apanhando flores e frutas que vinha oferecer a Eugênio, e com suas alegres conversas e encantadoras travessuras o provocava a sair daquele estado constrangido e acanhado em que o via.

De repente Margarida, dando uma volta pelo jardim, apanhou duas flores e correu a apresentá-las a Eugênio.

– Aqui estão estas duas flores – disse ela, – um cravo e uma rosa. O cravo é você e a rosa sou eu. Fique com a rosa, que eu guardarei o meu cravo. Aquele que deitar fora a sua flor, é porque não sabe querer bem.

Eugênio tomando a flor, pela primeira vez ousou fitar em Margarida olhos ardentes de ternura e paixão, mas para logo os abaixou, e cobriu-se de rubor, como faria a mais pudica e tímida virgem.

– Oh!... Margarida!... eu – ia dizendo o moço, porém Margarida voltando-se ligeira sem o escutar foi correndo para junto de sua mãe, que se achava a alguma distância com a senhora Antunes.

– Eu te adoro!... – era por certo o que Eugênio ia dizer; essa palavra, porém, Margarida já a tinha lido nos olhos do mancebo.

Em sua ingênua candura, Margarida não enxergava inconveniente algum em reatar e mesmo, se fosse possível, estreitar os laços da sua antiga familiaridade e afeição para com o amigo da sua infância. Como a flor, que entrega sem resistência o perfume do seu cálice ao sopro das virações, ela dava livre expansão aos inocentes afetos do seu coração.

Quando as visitas se foram embora, Eugênio pôs-se a refletir e ficou muito descontente de si mesmo. A lembrança do papel nulo e quase ridículo que fizera diante de Margarida mortificava-o, e protestou de si para si que quando fosse à casa de Umbelina, havia tirar completa desforra.

Portanto no dia seguinte pela manhã Eugênio apressou-se em ir pagar a visita às suas boas vizinhas. Era em princípio de outubro; a manhã estava risonha e brilhante; as primeiras chuvas já tinham lavado os horizontes desse vapor fumacento que os abafa nos meses de agosto e setembro, e que, desbotando-lhes as cores e confundindo-lhes as formas, os envolve como em um véu místico de saudade e melancolia. O ar estava tão transparente, o céu era de um azul tão puro e límpido, que permitiam ver distintamente em toda a sua nitidez as formas e ondulações das últimas colinas nos mais remotos longes. O Sol cintilava sobre o tapete orvalhado dos espigões, e a fresca aragem da manhã sacudia da coma dos arvoredos as lágrimas da noite.

À medida que se ia aproximando da casa de Umbelina, à vista daqueles sítios, onde não havia uma árvore, uma restinga, que o não tivesse abrigado à sua sombra, uma vereda do bosque que não tivesse recebido o vestígio de seus passos, uma fonte ou arroio que não lhe tivesse lambido os pés ou umedecido os lábios sequiosos, ia-se cada vez mais exaltando na imaginação de Eugênio a viva e profunda impressão que na véspera nele deixara a presença de Margarida. Era a encantadora e pitoresca moldura que circundava a imagem de um anjo.

Aquela alva casinha atufada entre as ramagens da grande figueira silvestre, aquele vargedo coberto de fresca e macia grama, a ponte, a tranqueira, as paineiras vizinhas, o caminho da vila, que lá ia serpeando entre os capões e galgando de colina em colina, todo esse panorama o enlevava, e lhe afogava o coração num pego de mil suaves emoções.

O rumorejo daquelas folhagens, o murmúrio daquele córrego, o canto dessas aves, o eco dessas brenhas, como que lhe sussurravam ao ouvido um hino de amor, de felicidade e de esperança.

Todos aqueles seres eram também seus conhecidos, seus amigos de infância, que festejavam sua volta, e com ela exultavam de prazer.

Como respirava à larga o peito do mancebo através dos campos e colinas da terra natal! Que bálsamo salutar e vivificante lhe entornavam n'alma aquelas auras impregnadas de aromas silvestres, que lhe bafejavam a fronte e brincavam com seus cabelos!

Quão tristonhos e acanhados lhe pareceram então os horizontes e os outeiros de Congonhas do Campo à vista das risonhas campinas e largas perspectivas da fazenda paterna! Como lúgubre e sombria se lhe afigurava a fachada do seminário em comparação do aspecto faceiro e festival da casinha da tia Umbelina!

Adeus seminário!... Adeus místicas e devotas veleidades! Adeus rezas e penitências!... Adeus projetos eclesiásticos e sacerdotais! Tudo isso fugiu-lhe de rondão[1] da fantasia, como um bando de corujas, fugindo espavoridas de lôbrega caverna, onde o Sol enfiou de chofre uma réstia de luz viva.

Eugênio sentia reverdecer em seu seio a flor da pura e inocente afeição de sua infância e aspirava-lhe os últimos e inebriantes perfumes.

Margarida, que já esperando Eugênio o tinha avistado de longe, foi ao seu encontro na ponte das paineiras. Ali, à vista daquelas mudas testemunhas de todos os seus brinquedos de infância, todo o seu medo e acanhamento esvaeceu-se como a névoa da montanha ao sopro da brisa matinal. Quando chegaram à casa de Umbelina com semblante risonho e as

---

1. *Rondão*: roldão; confusão; bagunça.

mãos entrelaçadas, já toda a afeição e intimidade entre eles estavam restabelecidas no antigo pé.

Eugênio soube retribuir com usura a visita que lhe fizeram as vizinhas; ficou o dia inteiro em casa delas.

À tarde, depois de ter Eugênio desenferrujado a língua em plena liberdade, contando-lhes todas as particularidades de sua vida de seminarista, e de ter Margarida esgotado os capítulos da crônica de casa durante a ausência do seu amigo, esta convidou Eugênio a passear.

Sem que tivesse precedido ajuste algum, os passos dos dois adolescentes se encaminharam instintivamente para o sítio favorito de seus brinquedos de outrora, e dirigiram-se através do vargedo para a ponte das paineiras. Chegados ali, Eugênio encostou-se ao tronco de uma das paineiras, e de braços cruzados ali ficou por alguns instantes silencioso e pensativo. A lembrança das horas de puro e inocente prazer, que ali outrora havia fruído em companhia de Margarida, se elevava como um perfume do íntimo do coração, e remontando ao espírito o envolvia como em um ambiente de odor e suavidade.

– Que está aí a cismar? – disse Margarida sacudindo-lhe o braço. – Volte-se e veja o que é que está aí na casca dessa paineira e daquela também.

Eugênio reparou para o tronco das duas paineiras, e viu neles entalhados em um a letra E, e no outro a letra M.

– Eugênio e Margarida! – exclamou ele. – Aposto que é isto que querem dizer estas letras.

– É isso mesmo; adivinhou. Fui eu que fiz essas letras aí com a ponta de um canivete.

– Que bonita lembrança você teve! eu também no seminário às vezes tive essa ideia, quando estava traduzindo Virgílio... se você soubesse latim, eu havia de jurar, que já leu aquele autor...

Crescent illae, crescetis, amores[2]

– Não entendo nada desses latinórios; o que sei é que esta árvore sou eu, e essa lá é você. Assim como elas nasceram aqui juntas e juntas hão de morrer, assim desejo que aconteça a nós dois, que também nascemos perto um do outro e fomos criados juntos. Nós também havemos de viver juntos como estas duas árvores, entrançando no ar os ramos uns nos outros, não é assim, Eugênio?

– Quem dera, Margarida!... se Deus permitisse isso, era tão bom!... mas... eu sei!?...

– Há de permitir; por que não? que necessidade temos nós de nos apartar um do outro?

– Mas eu não sou senhor de mim, Margarida; hei de fazer o que meu pai mandar.

– Isso é agora; mas depois que ficar homem...

– Ah! isso sim; depois que eu for homem, hei de fazer o que eu entender, e Deus nos há de ajudar, que acabados os meus estudos nunca mais nos havemos de separar, sou eu que t'o juro, Margarida.

Depois os dois, continuando a passear pela vargem, a cada passo evocavam uma lembrança de seus brincos e travessuras infantis.

– Lembra-se do juramento que aqui me fez?... – perguntou Margarida parando subitamente em certo lugar.

– Eu?... qual juramento?...

– Bem que se lembra; está se fazendo esquecido.

– Palavra, que não me lembro...

– Não creio... Pois não me jurou aqui que havia de ser eu a primeira pessoa que havia de confessar quando fosse padre?...

---

2. *Crescent illae, crescetis, amores* (latim): "Crescendo meus amores crescerão", trata-se de um verso das *Bucólicas*, de Virgílio.

Padre!... a esta palavra fatal Eugênio sentiu um arrepio e estremeceu; quereria nunca mais ouvi-la em dias de sua vida, principalmente dos lábios de Margarida.

– Ora! ora! que lembrança essa agora!... – replicou o moço com um sorriso desapontado e procurando disfarçar a sua perturbação – como é que eu hei de me lembrar mais dessas tolices de criança!

– Tolice! por quê?... pois não é tão bonito ser padre?...

– E é mesmo, e eu na verdade tinha muita vontade de o ser.

– Como é isso, Eugênio?... tinha?... então já não tem mais?...

– A falar a verdade, Margarida... – respondeu Eugênio com hesitação – não sei o que te diga... hoje em dia não me acho com muito jeito para padre, não.

– Por quê?...

– Ora por quê?... por quê?... pois você não adivinha?

– Nunca fui adivinhadeira...

– Pois está bem claro. Para ser padre é preciso que eu não olhe mais para você, que não te queira mais bem, e que nem me lembre de você... e isso é coisa que eu não posso; é teimar à toa, não posso fazer.

– E o mais é que é verdade, Eugênio; você tem razão. Eu também; para que eu hei de mentir?... eu também cá comigo não tinha lá grande vontade que você fosse padre, não; padre sempre é uma coisa que mete respeito, e até faz medo. Oh! meu Deus! e como é que eu havia de me acostumar a ter respeito a você?... Para isso era preciso deixar de te querer bem, e isso eu não posso mesmo, e de mais a mais não quero ser mula sem cabeça[3], não... cruz! Deus me defenda.

---

3. *Mula sem cabeça (crendice popular)*: espécie de assombração.

– Ah! ah! ah!... como é isso, Margarida?... mula sem cabeça?... – exclamou o rapaz soltando uma risada.

– Você ri-se?... pois não sabe que toda a mulher que quer bem a um padre, vira mula sem cabeça?...

– E você ainda acredita nessas bruxarias?...

– Sim, senhor!... minha mãe já viu, e diz que na vila há uma que ela conhece muito bem. Diz que é um bicho muito feio, do feitio de uma besta, que tem só três pés, dois atrás e um adiante, e não tem cabeça. Todas as noites de sexta-feira para sábado anda rondando os becos, correndo o seu fadário e assombrando a gente. Mamãe tem visto ela muitas vezes batendo a ferragem e abanando as orelhas pelos cemitérios.

– Ah! ah! ah! bravo! essa ainda é melhor! – continuou Eugênio sempre a galhofar. – Pois se ela não tem cabeça, como pode ter orelhas?...

– Ora!... eu sei lá?... é que terá as orelhas no pescoço.

– Pois bem, Margarida; não tenha susto; só para que você não seja mula sem cabeça, eu te protesto que não hei de ser padre; e não hei de, e não hei de; está decidido!

– Mas seu pai e sua mãe, que querem por força...

– Meu pai e minha mãe, acho que não me hão de querer obrigar, se eu disser que não quero ser padre.

– Mas eles fazem tanto gosto nisso! coitados! hão de ficar tão aborrecidos, se você não quiser se ordenar.

– Paciência!... eles se hão de consolar.

– Pois está dito – disse Margarida depois de um breve instante de silêncio e reflexão. – O nosso antigo juramento está desmanchado. Agora em lugar dele havemos de fazer outro...

– Qual é?... estou pronto.

– É que você sempre, sempre me há de querer bem...

– Isso nem precisa jurar...

– Ande lá!... e que acabados os seus estudos nunca mais há de se apartar de mim.

– Juro!... juro por esta cruz! – disse com emoção o moço cruzando os dedos sobre a boca.

– E eu juro a mesma coisa – repetiu Margarida fazendo o mesmo sinal.

O anjo dos puros e santos amores sorriu-se àquelas juras, e depois de ter bafejado com os leques de suas asas de ouro e seda aquelas duas frontes juvenis e cândidas, remontou seu voo para o empíreo, enquanto o austero e sombrio gênio da beatice, que procurava disputar-lhe o coração do mancebo, pesaroso bateu as fuscas asas, e foi-se esconder entre as ruínas de algum mosteiro abandonado.

Naquele momento vinha chegando Umbelina; os dois jovens mudaram de conversa.

Já entre eles havia um segredo.

Capítulo x

ASSIM PASSOU-SE MAIS de um mês, durante o qual a assiduidade de Eugênio em casa de Umbelina não se interrompeu. A antiga amizade se reatou senão com a mesma familiaridade e abandono da quadra infantil, todavia com mais ardor, com mais energia e paixão.

O anjo da inocência, que desatando-lhe de manso a venda dos olhos já lhes ia dizendo adeus, deixava-lhes em compensação o diáfano e misterioso véu do pudor, esse encantador privilégio da puberdade, que envolve a alma virginal, e não deixa exalar-se do coração que o contém o suave aroma das emoções do amor, que apenas se revelam no rubor das faces e na meiga timidez do olhar, como os fulgores e purpúreas fachas do oriente anunciam a presença do Sol ainda escondido atrás dos horizontes.

Mas Eugênio já era um guapo mocetão de dezesseis a dezessete anos, e Margarida, com os seus quatorze, já era uma moça feita em toda a plenitude e esplendor de seu rápido desenvolvimento. Umbelina bem via que já não ficava bem deixar a sós por muito tempo e entregues a si mesmos como no tempo da meninice aquelas duas criaturas que se queriam tanto, e portanto não lhe permitia mais que vagassem sozinhos pelos campos como outrora longe de suas vistas. Fazia muito bem; mas, não obstante, a tia Umbelina toda atarefada como sempre andava, não podia deixar de proporcionar-lhes muitas ocasiões de se acharem a sós, ocasiões de que sabiam aproveitar-se muito bem para se afagarem. Esses afagos porém não passavam de uns prolongados apertos de mão, de algum abraço dado assim em ar de brinquedo e sem intenção amorosa, ou de um desses olhares mudos, longos e repassados de ternura, que em si resumem todo um poema de amor. Bem vontade tinham eles de se beijarem, mas tolhia-os um acanhamento virginal, esse pudor nativo, que é como o orvalho, que só na aurora esmalta o cálix das flores, e os desejos morreram-lhes dentro de alma, e os beijos apenas lhes estremeciam na ponta dos lábios, como tenros passarinhos batendo as asas implumes à beira do ninho, ansiando, mas nunca ousando desprender o voo pelo espaço.

Quanto mais viva se tornava a afeição de Eugênio por Margarida, maior era a repugnância, que ia tomando pelo estado eclesiástico.

Não se pode imaginar com que desgosto todos os domingos envergava a roupeta colegial e a sobrepeliz para ir ajudar na vila a missa conventual ao vigário. Mas esse era o gosto, essa era ordem de seus pais, que sentiam indizível prazer em apresentar ao público o seu lindo padrezinho em botão, e não cabiam na pele de contentes, quando o viam funcionando no altar com aquela sisudez e gravidade de um verdadeiro sacerdote.

Quando, ao fazer algumas das evoluções do seu mister, Eugênio voltava-se para o público, e encontrava entre a turba das mulheres os grandes e luzentes olhos de Margarida fitos sobre ele, perturbava-se, ficava enfiado e corava como uma papoula; vinha-lhe à ideia a história da mula sem cabeça, e esta lembrança lhe causava a mais desagradável e horripilante impressão.

A assídua frequência de Eugênio em casa de Margarida já ia dando muito nos olhos, e tornando-se por demais comprometedora não deixava de causar desgosto e inquietação a seus pais.

– Menino – dizia a senhora Antunes a seu filho, talvez já pela trigésima vez –, isto não vai bem. Não paras um momento perto de tua mãe e de teu pai, e não sais da casa da comadre Umbelina!... olha que tens de ser padre, e um padre que não quer senão estar perto das moças... não sei o que lhe diga... isso não te fica bem.

– Ora, mamãe!... pois que tem lá isso?... desde criança que eu estou acostumado a brincar com a Margarida! pois se eu tivesse uma irmã mais moça, não podia brincar com ela?...

– Ora faça-se de tolo!... como está inocente o meu filho!... então porque brincaste com ela em criança, podes brincar agora, e mesmo depois de padre poderás brincar ainda, como no tempo em que andavas em fraldas de camisa; não é assim?

– Ah! minha mãe!... também eu... a falar a verdade...

Eugênio suspirou e não teve ânimo de prosseguir.

– Também eu o quê, meu filho?... acaba.

– Não tenho vontade nenhuma...

Eugênio empacou outra vez.

–Vontade nenhuma de quê?... desemperra essa língua; fala; não tenhas susto.

– Minha mãe não fica zangada?

–Eu, não, meu filho; fala o que tens no coração; se for alguma asneira, me entrará por um ouvido e sairá pelo outro. De que é que não tem vontade nenhuma?...

– De ser padre, minha mãe...

Há muito tempo que Eugênio desejava, mas não tinha ânimo de fazer aquela confissão, que lhe dava um nó na garganta, e lhe pesava como um rochedo sobre o coração; sentia-se aliviado alijando-o sobre sua mãe.

– Deveras, meu filho?... exclamou a mãe com surpresa – que me dizes?! isso é de agora, pois sempre te percebi muita inclinação para padre... Que te dizia eu?... a tal minha afilhada está te virando a cabecinha... logo vi... não são senão elas, que te andam metendo essas caraminholas na cabeça...

– Elas nunca me disseram nada, minha mãe, por Deus!... elas até gostam tanto de me ver de batina ajudando a missa na vila!.. a tia Umbelina até já me prometeu uma sobrepeliz e uma volta bordada para quando eu disser missa nova. Eu mesmo é que não tenho inclinação nenhuma...

– Não digas tal, menino! – interrompeu a mãe com azedume. – Seja como for, é preciso que não vás mais tão a miúdo àquela casa. Isso não te fica bem. A Margarida já está ficando moça, e tu não és mais nenhum criançola; as tuas repetidas visitas podem dar que falar da pobre menina.

– Mas, mamãe, nós nunca saímos de perto da tia Umbelina...

– Não importa. De mais, depois que a Margarida está ficando moça, ali é casa de muito ajuntamento, e eu não te quero ver metido no meio de gentalha...

– Mas, minha mãe, quando lá há gente demais, eu sempre me venho embora.

– Nada! nada!... isto não pode continuar assim; pode te acontecer alguma. Se teimas em continuar a não sair lá da casa da comadre Umbelina, falo com teu pai para te mandar já para o seminário, mesmo antes de se acabarem as férias, e não voltas de lá senão depois de ordenado.

Com esta tremenda cominação Eugênio ficou acabrunhado. As últimas palavras de sua mãe caíram como rochedos sobre o seu coração, e o esmagaram. A ideia de voltar ao seminário e de separar-se de Margarida era a nuvem sinistra e carregada, que há muito ensombrava um canto do seu risonho e límpido céu de amor, e que ameaçava envolvê-lo todo em lúgubre e eterna escuridão.

Triste, mudo e amuado, Eugênio retirou-se, e foi encerrar-se em seu quarto, donde não saiu mais todo esse dia.

Como os conselhos e exprobrações do padre diretor no seminário, as repreensões e ameaças maternas vieram dar maior vulto à paixão do moço, tornando ainda mais desejado o objeto amado. É essa a inalterável e eterna lei do coração humano.

Se o padre diretor ao chamar o estudante ao seu quarto lhe tivesse dito simplesmente: "menino, tens no coração uma afeição mundana, que não pode compadecer-se com o estado a que te destinas, e que é preciso que combatas. Mas se acaso não puderes banir do teu coração esse afeto, que pode ser puro e legítimo, podes continuar a estudar, porém não para o estado eclesiástico"; se tivesse procedido assim, o padre teria talvez conseguido melhor o seu intento. Deixando ampla liberdade de expansão aos sentimentos do menino, teria talvez facilitado ao seu neófito a vitória sobre si mesmo, atento o seu natural pendor para o estado clerical.

A torrente represada acaba por despedaçar os diques e arrojar-se mais furiosa no seu leito natural. Desde que Eugênio viu interpor-se entre ele e Margarida um anátema tremendo, que como um abismo os separava, perturbou-se para sempre a severidade de sua alma, e esse afeto que votava à companheira de sua infância, posto que a princípio abafado temporariamente pelo manto de gelo de um factício[1] e austero ascetismo, e agora de fresco rudemente contrariado por sua mãe, ia fatalmente transformar-se na mais ardente, profunda e impetuosa paixão.

Se por seu lado também a senhora Antunes, que devia conhecer melhor do que ninguém o coração de seu filho, sem deixar-lhe a rédea solta a todos os caprichos e desvarios da

---

1. *Factício*: artificial; convencional.

imaginação, procurasse com mais brandura encaminhá-lo ao fim que desejava, sem contrariar de frente as mais caras afeições do seu coração, talvez o tivesse conseguido, ou pelo menos evitaria a longa e dolorosa luta, que iria dilacerar o coração de seu filho sem outro resultado mais do que um infortúnio certo e irremediável.

A mãe de Eugênio era fanática e supersticiosa. A aventura da cobra enleando-se no corpo de Margarida, que nunca lhe saía da lembrança, lhe incomodara sempre o espírito. Agora, refletindo sobre a cega e ardente afeição que a menina ia inspirando cada vez mais a seu filho, entrou a nutrir as mais tristes e sombrias apreensões, e acabou por convencer-se que não era senão o demônio, que em figura de cobra viera lançar no seio da menina o gérmen da tentação para seduzir seu filho, desviá-lo de sua santa vocação, e arrastá-lo ao caminho da perdição. Daí aquela severidade e rigor para com seu filho, severidade e rigor que lhe não eram usuais, e a que só por um tão poderoso motivo podia ser impelida.

A boa senhora não considerava que o gérmen da tentação já Margarida, como toda a moça bonita, o tinha nos olhos, e que por mais tremendos que fossem os anátemas que fulminasse para preservar o novo Adão das seduções da serpente, mais lhe acenderia o desejo de provar do pomo vedado.

O que portanto não lhe era permitido fazer francamente e à luz do Sol, procurou Eugênio fazê-lo furtivamente e à sombra do manto silencioso e discreto da noite, cujos véus propícios ocultaram mais de uma entrevista, em que os ardentes afetos dos dois amantes se expandiram muito mais à vontade sem testemunhas nem constrangimento de espécie alguma. Romeu[2], iludindo a vigilância materna, nas

---

2. *Romeu*: alusão à personagem de Shakespeare; metáfora para designar Eugênio.

horas mortas da noite, quando o julgavam tranquilamente adormecido, abria de mansinho a janela do seu quarto, saltava ao terreiro, e veloz e sutil como um silfo noturno, atravessando os vales silenciosos corria pressuroso para junto da sua Julieta[3], que impaciente o esperava na janelinha de balaústres, embaixo da figueira silvestre, de que já fizemos menção no começo desta história.

Ali, como os véus da noite suprimem os do recato, os dois amantes pondo de parte toda a reserva e timidez deram livre expansão a seus afetos, e pela primeira vez falaram sem rebuço de amor, de casamento, de felicidade futura nos braços um do outro, e os beijos, aqueles beijos, que à luz do Sol apenas esvoaçavam tímidos à flor dos lábios e morriam no limbo dos desejos, soltaram o voo, encontraram-se através das grades, e imprimiram-se férvidos e trementes nos lábios de um e outro amante.

As meigas falas que ali ciciaram em segredo, os arrulhos estremecidos, os suspiros abafados, que ali se exalaram, a noite e a solidão os receberam em seu seio segredoso, e os dispersaram nos ares de envolta com o sussurro da folhagem.

---

3. *Julieta*: alusão à personagem de Shakespeare; metáfora para designar Margarida.

Capítulo XI

ALGUNS DIAS DEPOIS da proibição imposta a Eugênio, a casa de Umbelina amanhecia em grande animação e alvoroço. Via-se lá entrando e saindo mais gente do que de ordinário; matavam-se frangos, o forno trabalhava, o fogão deitava fumaça mais do que de costume, e reinava atividade e movimento, que faria crer que naquele dia ali se festejava algum batizado ou casamento.

Não havia porém nada disso. O que havia em casa de Umbelina era apenas um mutirão.

Mutirão! só esta palavra nos faz ressoar aos ouvidos os alegres rumores dos descantes e folguedos da roça, o estrépito dos sapateados da dança camponesa por entre a zoada dos adufes[1] e violas, e nos transporta ao meio das rústicas e singelas cenas de prazer da vida do sertanejo.

Mutirão!... mas eu não sei se todos os meus leitores saberão a significação desta palavra, que julgo ser genuína brasileira, e que talvez não poderão encontrar em dicionário algum. Portanto é necessário defini-la.

É o mutirão um costume dos pequenos lavradores, ou da gente pobre dos campos, que vivem como agregados dos grandes fazendeiros, e que não possuindo terras, e menos ainda braços para cultivá-las, nem por isso deixam de plantar boas roças, ou de exercer sua pequena indústria, de

---

1. *Adufe*: tipo de pandeiro.

que tiram a subsistência. Quando chega o tempo de qualquer dos serviços de roça, que consistem nestas quatro operações principais – roçar, plantar, capinar e colher – o pequeno roceiro convida seus parentes, amigos e conhecidos da vizinhança para virem ajudá-lo, e todos pelo direito costumeiro são obrigados a vir dar-lhe uma mão – é a frase usada –, ficando o que assim se aproveita dos serviços dos vizinhos na obrigação de acudir também ao chamado destes para o mesmo fim.

Já se vê que a calhandra de La Fontaine[2] erraria seus cálculos, e perderia inevitavelmente os seus filhotes, se tivesse de haver-se com os bons lavradores desta nossa abençoada terra.

O mutirão constitui pois como uma espécie de sociedade de auxílios mútuos, baseada unicamente nos costumes e usanças dessa boa gente, que não dispondo muitas vezes senão do seu único braço para o serviço, planta todavia roças consideráveis, e obtém a colheita necessária para a sua subsistência.

Este uso não é somente dos roceiros, e é também posto em prática pelas mulheres que vivem de fiar e tecer, das quais antigamente havia grande número na província de Minas, alimentando com seu trabalho esse ramo de indústria outrora mui importante e florescente.

Mas o mutirão não consiste simplesmente no desempenho de uma tarefa de trabalho. O dono ou dona da casa tem por obrigação regalar os seus trabalhadores do melhor modo possível, e a reunião e a boa mesa trazem sempre como consequência natural os divertimentos e folguedos. Assim trabalha-se de dia, e à noite toca a comer e beber, a dançar, cantar e folgar.

Como íamos contando, havia mutirão em casa de Umbelina. Tinha ela convidado as comadres e amigas mais chega-

2. Referência à fábula XXII, "A Calhandra, os Seus Filhinhos e o Dono de um Campo", de Jean de La Fontaine (1621-1695), célebre escritor francês, autor de *Fábulas*.

das da vila e das vizinhanças a virem passar alguns dias em sua casa, a fim de ajudarem-na a desmanchar algumas arrobas de lã e algodão, que queria pôr no tear, e para as regalar punha em atividade toda a sua perícia de quitandeira mestra e de quituteira abalizada.

À noite, como de costume, havia toques, cantigas e folguedos, e então apareciam também lá alguns rapazes da vila e dos arredores. A sociedade de Umbelina era em verdade de pessoas do povo e de baixa condição, mas honra lhe seja feita, era tudo gente comportada e de bons costumes. Ela era incapaz de chamar a sua casa vadios, peraltas e mulheres perdidas para junto da companhia de uma filha, que era a menina dos seus olhos, e cuja reputação zelava com o maior recato e solicitude.

Enquanto o prazer e a festança reinavam ruidosos em casa das vizinhas, o pobre Eugênio, aferrolhado na casa paterna, mordia-se de impaciência, e devorava lágrimas de despeito e desesperação. Triste dele!... naqueles dias nem lhe era permitido ir à costumada entrevista noturna; a casa estava abarrotada de gente, por todos os cantos dela havia ouvidos afiados e olhos vigilantes, e para cúmulo de males, como a casa de Umbelina era extremamente acanhada e fazia então excessivo calor, os serões do folguedo, que duravam até alta noite, se faziam no terreiro embaixo da grande figueira. Pobre Eugênio, até essas horas caladas da noite e esse solitário e propício abrigo, que lhe proporcionavam os únicos momentos de prazer e ventura que lhe era dado gozar, lhe eram disputados pelo destino!

De noite pregado na cama, onde se revolvia inquieto como se estivesse em um leito de brasas, ouvia os ecos das tocatas e descantes ressoando ao longe pelos vales silenciosos, e quase rebentava de frenesi, de mágoa e de despeito por não poder lá se achar também. Em vão dava tratos à imaginação para descobrir algum jeito de ir tomar parte no folguedo, porém nenhum meio natural confessável se lhe oferecia ao espírito. Tinha cabal certeza de que por modo nenhum conseguiria licença de seus pais para lá ir.

Pungido por tantas contrariedades cada vez mais se irritava a sua impaciência, e mais se assanhava o desejo de se achar no mutirão, ainda que fosse um só momento.

Por certo algum vislumbre de zelos também se mesclava a essa impaciência; o moço sentia infinito desejo e curiosidade de ver como Margarida se comportaria em uma reunião.

Certo de não poder obter o consentimento de seus pais, Eugênio tomou o partido de enganá-los. Como estava em vésperas de partir para o seminário, mostrou-se com grande desejo de ir passar um dia e uma noite com um primo seu, que morava na vila, e a que de fato era sumamente afeiçoado, e para esse fim pediu permissão a seus pais. Estes, vendo o estado de tristeza e abatimento em que ia caindo seu filho, e considerando que aquele passeio poderia ser uma salutar distração para fazê-lo esquecer-se de Margarida, não ousaram denegar a permissão pedida; antes a concederam com sumo gosto, e até o autorizaram a ficar na vila os dias que quisesse.

À tardinha desse mesmo dia o rapaz montou a cavalo, e tomou o caminho da vila, mas lá não chegou. O caminho, que se dirigia da fazenda de Antunes para a vila de Tamanduá, ia ganhar a estrada real meia légua além da casa de Umbelina, pela frente da qual, como já sabemos, passava essa mesma estrada. Apenas Eugênio nela entrou, colheu as rédeas ao animal, retardando-lhe o passo o mais que podia. Quando porém a noite de todo se fechou, voltou de súbito as rédeas, e voltando a galope pela estrada real voou direito à casa de Umbelina.

Pretendia ali passar a noite, enquanto durassem os divertimentos, findo os quais montaria de novo a cavalo, e viria amanhecer na vila.

Ao chegar foi-lhe preciso também pregar uma mentira para iludir a Umbelina, que com razão mostrou-se algum tanto surpreendida com o seu aparecimento aquelas horas; o moço disse-lhe que, se bem que a muito custo, tinha alcançado de seus pais licença para vir à função. Umbelina, que era matreira como uma raposa velha, desconfiou do negócio, mas o que poderia ela fazer?... fingiu acreditar, e o acolheu com a bondade e franqueza de costume.

Ressoavam as violas e adufes; o folguedo já tinha começado à sombra da figueira do terreiro.

Além do luar, que estava soberbo, duas grandes fogueiras acesas no terreiro a alguma distância, iluminavam de um modo original e pitoresco o âmbito, dentro do qual se desenhavam destacando-se vivamente as figuras daquela curiosa e interessante reunião, uns no centro, dançando, outros em derredor, sentados pelo chão ou em tamboretes e cepos de pau como servindo de cerca e limite aquele recinto. O clarão das fogueiras avermelhava a cúpula gigantesca da figueira, que com sua espessa folhagem abrigava os convivas do orvalho frio da noite.

Eugênio chegou-se à roda tolhido e ressabiado. Porém Margarida, que apenas o avistou soltou um grito de alegre surpresa, e veio imediatamente colocar-se ao pé dele, fez com que logo cobrasse ânimo e presença de espírito, e tomasse assento na roda com todo o desembaraço, como qualquer dos habituados.

Atraídos pela beleza de Margarida, como dissemos, alguns rapazes frequentavam a casa de Umbelina, e lhe requestavam a filha. Esta, porém, não lhes dava a mínima atenção, e em sua cândida inocência nem mesmo suspeitava o verdadeiro motivo, por que tanto a festejavam.

Entre esses aspirantes ao amor da rapariga, o que mais padecia era um certo rapaz por nome Luciano. Era um moço, que teria a rigor seus vinte e cinco anos, de bonita e agradável presença, tropeiro bem principiado, que já tinha alguns lotes de burros no caminho do Rio, e que além de tudo se tinha em grande conta de bonito, de rico e de bem-nascido, pelo que não deixava de ser sumamente ridículo, quando não era insolente e malcriado.

Cheio de si olhava os demais pretendentes por cima dos ombros, e sorria-se deles no íntimo da alma com desdém e compaixão, porque estava profundamente convencido que ninguém mais do que ele estava no caso de merecer a preferência da encantadora menina e as boas graças da senhora Umbelina. No meio de todos aqueles pés-rapados que ali andavam, quase todos gente de cor e sem eira nem beira, ele, o único que possuía alguma coisa, e que se trajava com decência, ele o único branco legítimo que ali pisava, não tinha o menor receio de ser preterido por quem quer que fosse; pelo menos esta era a sua firme convicção.

Luciano não conhecia a Eugênio, a quem nunca em sua vida tinha visto, e estava mui longe de suspeitar que Margarida tivesse um amante, a cujo amor correspondesse. Quando viu pois a não disfarçada e especial predileção de que Margarida o rodeava, o tom de íntima familiaridade com que conversavam, e mais certos sinais inequívocos de uma mútua e ardente afeição entre os dois, Luciano foi aos ares; sentiu ferver-lhe no coração o veneno do ciúme, e a muito custo pôde abafar no peito um bramido de cólera e de despeito.

Capítulo XII

SABE O LEITOR o que é quatragem?...

Não sabe. É uma dança.

É a dança original e pitoresca de nossos camponeses, dança favorita do roceiro em seus dias de festa, e que faz as delícias do tropeiro nos serões do rancho após as fadigas da jornada.

Dança vistosa e variegada, entremeada de cantares e tangeres, já cheia de requebros e languidamente balanceada ao som de uma cantiga maviosa, já freneticamente sapateada ao ruído de palmas, adufes e tambores.

Sem ter o desgarre e desenvoltura do batuque brutal, não é também arrastada e enfadonha como a quadrilha de salão; ora salta e brinca estrepitosa e alegre, ora se requebra em mórbidas e compassadas evoluções.

Como o próprio nome indica, forma-se de um grupo de quatro pessoas. A música é desempenhada pelos dançantes, que além de uma garganta bem limpa e afinada, devem ter nas mãos ao menos uma viola, e um adufe. Há uma quantidade incalculável de coplas para acompanhar esta dança, e a musa popular cada dia engendra novas. São pela maior parte toscas e mesmo burlescas e extravagantes; todavia algumas há impregnadas dessa maviosa e singela poesia, que só a natureza sabe inspirar.

Dançava-se a quatragem no mutirão da tia Umbelina.

Margarida estava sentada junto de Eugênio, de cujo lado não se arredara desde que este havia chegado.

Ia-se formar nova roda de dançadores; Luciano, que tinha a viola em punho, dirigiu-se a Margarida, e convidou-a para a dança. Ela recusou-se pretextando já ter dançado muito e achar-se fatigada.

– Então venha esse mocinho, que aí está com a senhora – disse Luciano.

Com este convite o rapaz procurava mesmo ocasião de travar-se de razões com o estudante, a fim de desabafar o ciúme e despeito que por dentro o corroíam.

– Eu não sei dançar – respondeu Eugênio com timidez.

– Deveras!... não me diga isso, moço; isso é desculpa; falta-nos uma pessoa; venha;... não se faça rogado.

– É deveras; não sei dançar, nunca dancei em dias de minha vida.

– Então para que vem a estas funções?

– Ora essa é boa!... para ver...

– Como quem vem aqui ver... mas ah! já o estou conhecendo; o senhor não é aquele sujeitinho, que ultimamente tem ajudado à missa ao vigário lá na vila?

– É ele mesmo – acudiu Margarida, que já se impacientava com as grosserias –; é o filho do senhor Capitão Antunes.

– Do Capitão Antunes?... ah!... e o que vem ele aqui fazer?... decerto aqui veio fugido de casa, e há de ser benfeito que o pai lhe passe uma dúzia de bolos, quando souber que já anda metido em súcias...

Eugênio, por efeito da sua índole e mais ainda de sua educação de seminário, era uma tímida criança para responder às insolências de seu interlocutor. Margarida porém, que com ser mulher e mais moça tinha o sangue mais quente, e mais altivez e resolução, tomou as dores por ele, e não pôde deixar de repelir tão grosseira chocarrice.

– Súcias não, senhor!... veja como fala!... – bradou ela pondo-se em pé a alçando-se crespa e altaneira como siriema enraivecida. – Este moço foi criado junto comigo, e sempre vem a nossa casa. O pai dele não se importa com isso, e o senhor quem é para lhe vir tomar contas?...

– Bravo, minha rica!... não pensei que o maganão era tanto do seu peito!... por isso!... por isso é que a senhora anda aqui tão soberba com os outros!

– Senhor Luciano!... – gritou a moça indignada, e ia responder; porém o moço satisfeito com o remoque que acabava de atirar, voltou-lhe rapidamente as costas, e foi para o meio do terreiro acender o cigarro na fogueira.

Luciano estava cruelmente ferido em sua fatuidade e amor próprio, mordia-se de raiva e de ciúme, e só procurava uma ocasião de vingar-se do desdém de Margarida sobre o pobre e inofensivo estudante.

Eugênio por sua parte achava-se muito mal satisfeito de si mesmo e envergonhado do papel covarde que fizera perante sua amada, tornando necessário que esta acudisse em sua defesa. Estava agora resolvido responder com quatro pedras na mão, se Luciano outra vez tivesse a audácia de o provocar.

Ia-se organizar nova quatragem, e de novo o terrível competidor de Eugênio dirigiu-se a Margarida. Esta já sumamente agastada com ele desta vez sem desculpas nem satisfações, respondeu-lhe secamente:

– Não quero!...

– Não quero!... – retorquiu o rapaz com um riso forçado e gutural – em má hora entrou aqui este fedelho, esse chupa-galhetas, que veio pôr a senhora assim tão altanada e tão cheia de fidúcias!

– O senhor é bem atrevido!... – foi a frase mais enérgica, o doesto mais furibundo, que Eugênio levantando-se trêmulo e vermelho encontrou no vocabulário dos impropérios para atirar ao seu insolente rival.

Mas considere-se que Luciano era um homem no vigor da idade, alto e de compleição atlética, de barbas negras e cerradas, e que Eugênio era um menino imberbe e delicado. O epíteto de atrevido que lhe atirou à cara, foi portanto um rasgo de coragem admirável, e Deus sabe quanto custou ao pobre estudante!

– Como é isso?... faça o favor de repetir se é capaz... – replicou Luciano pondo-se diante de Eugênio de mãos nas cadeiras e com ar ameaçador... – Olhem a figura de quem quer se impertigar diante de mim!... este fedelho!... este rato de sacristia!... se me diz mais uma palavra, escovo-lhe aqui mesmo as orelhas...

Eugênio ficou amarelo, verde e depois cinzento. Além de sua natural timidez pelava-se de medo de dar ocasião a um barulho, que não deixaria de chegar aos ouvidos de seu pai.

Margarida tirou uma agulha, que trazia no corpo do vestido, e colocou-se perto de Luciano, resolvida a espetar-lha no corpo ao primeiro movimento que fizesse contra Eugênio. Era a única arma que possuía, mas era terrível.

– Alto lá, senhor! – bradou uma voz, ao mesmo tempo que uma mão vigorosa agarrava o braço de Luciano...

– Que lucro tira o senhor de estar desfeiteando uma criança?... se lhe puser as mãos é comigo que tem de se haver.

– Pronto! – respondeu Luciano voltando-se rapidamente para o seu interruptor. – Mas quem o chamou cá?... por ventura o senhor é pai da criança?...

– Não, mas sou amigo dele e do pai. Se continua a desfeiteá-lo, tem de se haver comigo, já o disse, e torno a repetir...

Daqui originou-se uma pendência, que durou alguns minutos sem passar de doestos, provocações e fanfarronadas, em que todos tomaram parte, fazendo as mulheres uma pavorosa algazarra.

– Ora! ora! com efeito, senhor Luciano! – dizia a tia Umbelina altamente escandalizada com o negócio. – Nunca pensei que fosse o senhor o primeiro a vir armar barulhos e desordens nesta casa, onde até o dia de hoje, louvado seja Deus, não se sabia o que era a mais pequena rusga. E com quem vem mostrar-se valente? com o coitado de uma criança, que ainda ontem deixou os cueiros!

– Fie-se nisso... não está ele nos cueiros para lhe andar namorando a filha...

– Senhor Luciano, isso não são coisas que se digam! Estes meninos foram criados juntos, querem-se muito e...

– Bravo!... – atalhou o rapaz com um riso de galhofa. – Ainda mais essa! muito bem! pois deixe-os andarem juntos... que mal faz isso?... deixe-os e espere pelo resultado.

– Não tem resultado nenhum, senhor Luciano; e que tenha, o senhor que tem com isso?...

– Eu nada, minha senhora; mas... a falar-lhe a verdade, eu não desejava ver tão cedo a senhora como avó, e por semelhante maneira...

– Cale-se, senhor Luciano! – bradou Umbelina roxa de cólera e batendo com o pé. – Pensa o senhor que por ter na algibeira uma pataca mais do que os outros pode dizer o que lhe vem à boca e chegar a ponto de querer governar as filhas alheias? está enganado, muito enganado!... Sei bem o que é honra, graças a Deus, e talvez a tenha de sobra para dar ao senhor, e a toda a sua geração. Veja, que estou em minha casa; e saiba que com uma palavra posso enxotá-lo daqui para fora.

Luciano quis responder, mas uma multidão de vozes aplaudindo Umbelina abafaram-lhe as palavras.

– Muito bem! muito bem, tia Umbelina!

– Tem carradas de razão, e aqui estamos para punir pela senhora.

– Saia! saia o desmancha-prazeres!

– Fora o rusguento!

– Fora o bobo, e vá a festa acima!

A filáucia[1] e o tolo orgulho do rapaz arredavam dele todas as simpatias, e portanto achou-se só no meio da tormenta que ele mesmo suscitara.

Fulo de raiva, Luciano pegou no chapéu.

– Vou-me embora! – disse bufando – a culpa tenho eu de me meter no meio de gente baixa e sem educação. Adeus, senhora Umbelina!... pode estar certa que Luciano Gaspar de Oliveira Faria e Andrade nunca mais há de cruzar a soleira da porta de sua casa.

– Oh! oh! oh! senhor Luciano! – replicou Umbelina com riso de mofa. – É pena, que não tivesse essa lembrança há mais tempo. Deus o leve, e permita que nunca se arrependa.

Um coro de aplausos a Umbelina e de apupadas a Luciano acolheu estas palavras, e o rapaz não teve remédio senão ir-se escafedendo com cara de cão que quebrou panela.

Enquanto rugia toda esta trovoada, Eugênio e Margarida, trêmulos e espavoridos, tinham-se retirado para um canto, cosendo-se à parede da casa postaram-se bem junto à janelinha de balaústres, que tantas vezes tinha ouvido seus suspiros e amorosas falas no mistério da solidão.

Ali encolhidos, com as mãos enlaçadas e bem unidos um ao outro, pareciam duas andorinhas recolhidas à beira do telhado esperando que se amaine a tempestade.

---

1. *Filáucia*: amor-próprio.

Capítulo XIII

ESTA PENDÊNCIA, QUE teria passado a vias de fato, se as mulheres, que formavam a grande maioria daquela reunião, não interviessem com seus gritos e choradeiras, esfriou completamente o folguedo, que daí em diante perdeu toda a graça e animação e pouco durou.

Dissolvida a reunião, Eugênio partiu para a vila em companhia do amigo, que havia tão generosamente tomado a sua defesa contra Luciano. Receando algum desacato da parte deste, não quis que o filho de Antunes partisse só, e acompanhou-o até a vila, onde também morava.

Eugênio repousou o resto da noite em casa de seu protetor, e apenas rompeu o dia foi para a casa do primo, que servira de pretexto à sua escapula da fazenda paterna. Utilizando-se da autorização que o pai lhe dera, aí ficou dois dias.

Um negro fugido não tem mais medo de comparecer perante seu senhor, como Eugênio se arreceava da presença de seu pai depois do desaguisado do mutirão. Estava certo que aquele fato tarde ou cedo lhe chegaria aos ouvidos.

Se Umbelina e os outros convivas eram capazes de guardar silêncio e abafar aquela desagradável ocorrência, outro tanto não se podia esperar de Luciano, que por vingança seria o primeiro a tocar a caixa do pregão, e até seria capaz de ir pessoalmente denunciar a Antunes todo o acontecido.

Passados dois dias o próprio Antunes foi à vila buscar seu filho.

Quando o algoz munido de baraço e cutelo se apresenta na masmorra do condenado, não produz mais horrível impressão do que a presença de Antunes produziu no ânimo do filho.

Levou-o todavia para casa sem dar mostras de que sabia coisa alguma do negócio do mutirão. Eugênio resfolegava; mas a tormenta estava reservada para quando chegassem a casa.

– Agora, senhor Eugênio, assente-se aí, e vamos conversar um pouco – disse Antunes fazendo sentar seu filho diante de si. – Creio que já é tempo de parar um pouco em casa e ir-se arranjando para voltar ao seminário; ou ainda não estará farto de súcias?

Este tom de severa ironia aterrou Eugênio.

– Eu não estive em nenhuma súcia – respondeu timidamente. – Meu pai não me deu licença para ficar na vila os dias que eu quisesse?

– Mas por ventura dei-lhe licença para ir *em* mutirão algum?

– Eu!... *em* mutirão?... quem lhe disse isso?...

– Ora! quem me disse!... quer acaso negar?...

O filho viu que estava perdido; calou-se, e de cabeça baixa esperou o desabar da tempestade.

– Com efeito, senhor Eugênio! – continuou o pai sempre no mesmo tom – vosmecê, pela maneira que vai, vem a dar um excelente padre! Enganar-me a mim para sair de casa e ir-se meter em suciatas e beberreiras no meio de uma corja de peraltas e vadios! nunca tal esperei!... isto vai às mil maravilhas! E a tal senhora Umbelina com o chamarisco de sua boa filha, que anda-me aqui a desinquietar os filhos alheios, dando funçanatas e descantes! não cuida ela em rezar e dar educação à menina!... Deixe-a estar, que se não mudar de vida, terá de arrepender-se; não estou mais para aturá-la em minhas terras. Se continua assim, ponha a trouxa às costas, e procure seu rumo, ou case a filha e mande-a tratar da vida. E vosmecê, senhor criançola, com essa carinha de santo, já metido em tafularias altas, fazendo roda às raparigas, e metendo-se em rusgas por amor delas!... se lhe tivessem moído os ossos a pau, não era bem feito?... e eu e tua mãe com que cara havíamos de ficar?... ah! velhaquete!... que lindo padre não se está preparando aqui!...

Eugênio, trêmulo, confuso e de olhos no chão deixou cair sobre sua cabeça toda esta tremenda trovoada.

– Mas, meu pai... – balbuciou ele – eu não bulí com ninguém; havia lá um homem muito malcriado que...

– Cala-te, tolo; a culpa é tua. Que foste lá fazer?... e o que esperavas mais misturando-te com semelhante canalha?... Viste lá algum homem de bem? aposto, que não. Só tu tiveste ânimo para tanto, tu uma criança, tu que um dia tens de ser padre!!...

Eugênio acabrunhado de dor e de vergonha, sofria as mais violentas e pungentes torturas; as lágrimas cintilantes lhe dançavam à borda das pálpebras, e os soluços abafados o sufocavam e embargavam-lhe a fala. Uma vez porém que se achava naquela cruel situação, inteiramente perdido no conceito de seu pai, visto que não era possível encolerizá-lo mais do que estava, Eugênio entendeu que não podia achar melhor ocasião de abrir-lhe sua alma, e fazer-lhe a mesma confissão que já havia feito a sua mãe.

Mas faltava-lhe o ânimo; fez um violento esforço e balbuciou:

– Mas, meu pai... eu...

Não pôde continuar; as lágrimas e soluços até ali a custo contidos fizeram expansão tempestuosa. As primeiras palavras do menino abriram-lhes franca saída.

– Mas o quê?...

– Mas... eu não...

Nova explosão de soluços afogou-lhe a palavra.

– Eu não, o quê?... acabemos com isto, meu filho.

– Eu não... tenho vontade de...

Aqui ainda os soluços abafavam-lhe a voz; a palavra fatal agarrava-se teimosa na garganta, donde um nó de soluços não a deixava escapar-se.

– Mau! acabe com isso – exclamou o pai impacientado –, não tem vontade de quê?... fale... pois um moço, um rapagão, que já anda em tafularias, não tem vergonha de estar aí a chorar como uma criança! vamos com isso; de que é que não tem vontade?

– De ser padre, meu pai.

Estas palavras o estudante as despejou da boca rapidamente, como se fossem brasas que lhe queimavam os lábios.

– Deveras!... viva isso! muito bem, senhor meu filho! – exclamou Antunes com sardônico sorriso. – Então com que, não quer ser padre?... e isto sem dúvida porque quer se casar com a Margarida, não é assim, meu filho?

– Meu pai!... – exclamou o filho com um olhar e um tom de quem pedia compaixão ao desapiedado pai.

– És um tolo ainda, meu pobre filho; não sabes o que é o mundo, e aquela rapariga te anda revirando os miolos.

– Meu pai, não é ela...

– Não me repliques. Estou bem certo que, se não fosse ela, não terias semelhantes caprichos. E pensas tu que eu hei de consentir, que deixes de seguir uma carreira tão bela e tão honrosa, para o que não tenho poupado dinheiro nem cuidados, por amor de uma... miserável?...

– Oh! meu pai, não é assim; ela não tem culpa...

– Anda lá!... não cuides que podes enganar-me; bem te conheço e a ela também... mas deixemo-nos disto. Avia-te quanto antes para voltar ao seminário. Bem mal fiz em te mandar buscar contra o conselho dos padres. Basta de férias. Vai-te, e não voltarás aqui senão ordenado. Depois de amanhã sem falta quero vê-lo pelas costas. Basta de tafularias.

Depois de amanhã sem falta! oh! pai desapiedado! oh! miserando Eugênio! aquelas palavras esmagaram-lhe o coração. Partir, deixar Margarida, para não voltar senão daí a seis ou sete anos, talvez nunca, quem sabe! Esta ideia lhe gelara o coração como um prenúncio de morte.

Depois de amanhã sem falta! Estas palavras toaram horríveis aos ouvidos do mancebo como os clangores da trombeta do arcanjo anunciando o fim do mundo, o presente, o passado, o futuro, o mundo, o espaço, tudo se esvaecia, e parecia-lhe que sua alma se ia abismando aniquilada no seio das sombras eternas.

Não era porém mais do que uma vertigem, que lhe escurecia os olhos e turbava os sentidos, e que o fez tombar sobre uma cadeira, banhado em suores frios. Seus olhos se cerravam e no meio de um disco de cores inflamadas se lhe apresentou a imagem de Margarida, pálida e chorosa, acenando-lhe ao longe um derradeiro e triste adeus.

Antunes, que ao despedir os últimos raios de sua cólera havia voltado bruscamente as costas e se retirara, nada disto havia presenciado.

O delíquio foi passageiro; durou apenas alguns instantes. Com o coração ralado de angústias o mancebo foi procurar sua mãe, a ver se debaixo da asa maternal poderia encontrar abrigo contra os rigores inexoráveis da autoridade paterna, e algum alívio e conforto às amarguras de sua alma.

Achou de feito palavras de consolação e conforto nos lábios maternos; mas se a mãe o tratou com menos rigor e aspereza todavia a sua resolução de fazer Eugênio tomar ordens sacras não era menos inabalável do que a do pai. A cena fatídica da cobra enleada a Margarida estava altamente gravada em seu espírito, e a senhora Antunes estava intimamente persuadida de que aquela serpente era o demônio, que viera insuflar no seio de Margarida o espírito maléfico para tentar seu filho, e que somente o hábito sacerdotal podia preservá-lo do caminho da perdição.

As doces palavras, as afetuosas exortações e conselhos da mãe trouxeram momentâneo lenitivo às amarguras do filho, mas não conseguiram desvanecer a nuvem sombria, que lhe envolvia o espírito e lhe pesava sobre o coração.

O sopro da brisa matinal pode varrer a névoa ligeira que touca o cabeço da montanha, mas não o vulcão carregado que traz no seio a tempestade.

Capítulo XIV

EUGÊNIO PASSOU UMA noite febril entre cruéis insônias e ansiados pesadelos. Mal despontou a primeira alva do dia, levantou-se e pôs-se à janela.

O dia levantou-se cheio de serenidade e esplendor. O Sol, que surgia por detrás das colinas do levante coroadas de arvoredos, brilhando através da ramagem orlava o horizonte como de uma rede de ouro. Do lado fronteiro, em uma encosta longínqua, os troncos vetustos, que o machado respeitou aqui e acolá no meio de um vasto roçado, verberados pelos primeiros raios de Sol pareciam colunas de bronze, que ficaram em pé no meio dos escombros de um templo derruído. Vapores diáfanos coloridos pelos fogos da aurora, erguendo-se da valada e despregando-se das colinas dispersavam-se nos ares como pétalas de rosa, que uma virgem desfolhasse às brisas da manhã. Os arbustos da vargem recamados de flores balanceavam-se brandamente ao sopro das aragens, e sacudindo da coma orvalhada uma chuva de pérolas abandonavam às auras matinais as primícias de seus perfumes. Bandos de papagaios e periquitos garrulando alegremente atravessavam o espaço azul como nuvens de folhas verdes levadas pelo vento.

Em derredor da casa também tudo era vida, prazer e animação. Tudo acordava pulando de alegria e de amor ao primeiro beijo do Sol esplêndido do céu americano. Cada árvore era uma orquestra de pios, trinados e gorjeios, onde o sabiá, o gaturamo, o pintassilgo e outros mil passarinhos pareciam disputar entre si a palma da harmonia.

A viração trazia dos pomares aromas inebriantes de flores de laranjeira, de maracujá, de jambo e de jasmim, e do mato os suaves eflúvios que destilam uma multidão de plantas balsâmicas e flores sem nome, que vegetam à sombra de nossos bosques.

Entretanto nessa hora de magia, de prazer e de esplendores, em que a terra parecia sorrir-se para o céu, que a envolvia em ondas de luz tépida e serena, só Eugênio estava triste, sombrio e abatido, só ele pendia para o chão a fronte esmorecida, como a planta mimosa que a geada crestou, e a quem o calor vivificante do Sol, nem o beijo da brisa matinal pode mais reerguer o colo desfalecido.

O olhar do moço enfiava-se imóvel pelo longo vale, que acompanhando o córrego entre dois espigões ia-se perder no pitoresco vargedo, em que se achava a casa de Umbelina. Um boleado da colina lhe encobria a casa desta, e apenas lhe permitia ver os topes das duas paineiras vizinhas à ponte, que lhe acordavam n'alma tão suaves recordações, agora amarguradas pelo fel do presente.

Seu olhar estava fito sobre esses topes, sua alma conversava com eles, e lhes murmurava um doloroso adeus.

Largo tempo ali esteve Eugênio na mesma posição mergulhado nas mais acerbas e pungentes reflexões. A energia dos sentimentos se havia despertado com extraordinária precocidade na alma do mancebo, que apenas púbere já sentia fundamente todos os violentos transportes da paixão, todos os seus inefáveis gozos, e raladoras angústias.

Ao sair dali Eugênio foi direito procurar sua mãe.

– Minha mãe, não poderei ir ao menos hoje à casa da tia Umbelina despedir-me dela e de Margarida? Sabe Deus se não será a última vez que tenho de vê-la!...

– Não fales assim, meu filho; Deus há de permitir que as vejas ainda por muitos e muitos anos.

– Não sei, minha mãe, mas...

– Mas o que queres lá ir fazer? temos hoje muito que arrumar para a tua viagem, que é amanhã sem falta. Eu te desculparei para com elas...

– Oh! minha mãe!... temos muito tempo para isso. Eu não me demorarei mais de uma hora, meia hora mesmo, se vossa mercê quiser. Tenho de me ir embora por seis ou sete anos, ou mais... talvez para sempre, e me ficará um grande pesar, se lhes não puder dizer adeus.

– Queres que te diga a verdade, meu filho?... desde o outro dia que fiquei muito mal satisfeita com aquela gente, e a minha vontade é que nunca mais lá ponhas os pés. Se souberes o susto que rapei, quando soube que lá andaste metido em folias e batuques no meio de gente malvada!...

– Mas, minha mãe, a culpa foi minha.

– Bem sei; bem sei; mas se aquela comadre de uma figa tivesse mais juízo na cachola, e menos malícia no coração, não consentiria que parasses lá um só instante...

– Eu enganei-a, minha mãe, e ela acreditou que meu pai me tinha dado licença...

– Não creias tal; tão tola não é ela. Bem viu que foste fugido; acreditou-te porque lhe fez conta. É ela mesma que te anda seduzindo e te pondo a perder, ela e a minha boa afilhada, que também – Deus me perdoe – está ficando uma fresca joia.

Eugênio compreendeu que era tempo perdido instar mais com sua mãe. Resignou-se e conformou-se com sua sorte. Para despedir-se de Margarida restava-lhe ainda uma última esperança; essa abrigava-se debaixo do manto propício da noite, pela qual esperou com ansiedade.

Um luar escasso e melancólico esbatia-se frouxamente pelas campinas adormecidas no mais profundo silêncio. Sua luz baça mal disfarçava a escuridão da noite no pequeno vale, em que se achava situada a casa de Umbelina, a qual apenas se distinguia na sombra, escondida embaixo da frondosa copa da figueira como o filhote da ema abrigado à sombra das asas maternas. Como dois gigantes negros abraçando-se no ar as duas altas paineiras alçavam-se projetando pelo vargedo as sombras colossais. Indolente aragem mal bulia nos ramos dos arvoredos, e somente os pios intercadentes do curiango resvalando pelo chão no voo rasteiro quebravam o silêncio daquela solidão.

De entre as sombras das paineiras surgiu um vulto esguio e lesto à semelhança de um silfo aéreo que, parecendo nem tocar a terra com os pés, atravessou rapidamente o vargedo, penetrou no terreiro e, sumindo-se por baixo da grande figueira, foi colocar-se bem junto à janelinha de balaústres.

A favor daquela mudez profunda quem de ouvido afiado estivesse encostado à cerca do terreiro, ouviria um ciciar de vozes abafadas segredando ternuras e entreveladas de beijos, suspiros e soluços a confundirem-se com o frêmito da folhagem, que de quando em quando estremecia a uma frouxa lufada da viração espreguiçando-se nos ramos da figueira.

....

....

– Adeus, Margarida!... adeus!
– Pois já?... um momento! um instantezinho ainda.
– Pois sim... mas se meu pai der por minha falta... não deve tardar a amanhecer... mais um beijo, Margarida!

– Toma... tu hás de me querer bem sempre, sempre, não é assim, Eugênio?

– Sempre! eu te juro, e torno a jurar; padre nunca, nunca hei de ser. Adeus!...

– Adeus, Eugênio...

– Ah! não chores assim, que me cortas o coração. Enxuga essas lágrimas, para que eu possa ter ânimo de ir-me embora.

– Deixe-me chorar, Eugênio. Que hei de eu fazer?... hei de chorar sempre, sempre até que voltes.

– E hei de voltar, Margarida; tanto hei de pedir, instar, rogar a minha mãe, que ela há de mandar buscar-me, e um dia, Margarida, um dia hei de ser homem, e havemos de viver juntos, e não haverá poder na terra que nos possa separar.

– Mas... meu Deus! até lá eu morro de saudades.

– Não, Margarida; hei de fazer tudo para sair do seminário, e voltar o mais breve possível... ah! não chores mais assim... já não te pedi?...

– Pois bem... olha, já não estou mais chorando... mas... não fiques lá muito tempo não, ouviste?... volta, volta depressa, Eugênio.

– Fica sossegada, minha vida; eu hei de voltar. Adeus!.. um último beijo ainda, e... adeus!

– Adeus!...

Este diálogo era suspirado com voz trêmula e abafada entre comprimidos intervalos de soluços, carícias e beijos devorados entre lágrimas, e ninguém poderia adivinhar que fundas tristezas, que ansiosas e cruéis inquietações se exalavam naqueles tímidos e sentidos arrulhos, que mais pareciam vagos murmúrios da solidão perdendo-se nas asas da brisa confundidos com o ramalhar da folhagem e o burburinho da fonte vizinha.

Um momento depois o mesmo vulto, que vimos atravessar o vale rápido e leve como um silfo noturno, lá se ia vagaroso e como que se arrastando a custo a se esgueirar pelas sombras do vargedo. De quando em quando parava, voltava-se para trás, apertava as mãos convulsivamente contra o peito; um estremeção como de um soluço lhe agitava o corpo, e com voz que era mais um gemido, murmurava – Margarida!

Dir-se-ia alma penada ou duende da noite que, com a aproximação do dia, se recolhia ululando aos fúnebres lugares donde havia saído.

Capítulo xv

os seminaristas de Congonhas do Campo viam com certa surpresa e assombro ao anoitecer, depois que a sineta havia vibrado a hora do recolhimento, um de seus companheiros, pálido e abatido, atravessar de braços cruzados e olhos baixos a longa fila de dormitórios, e encaminhar-se para o quarto do padre diretor e ali ficar largo tempo em íntima e misteriosa prática. Isto tinha lugar duas e três vezes por semana.

Esse estudante, que antes de partir para as férias, tímido e acanhado ao princípio era por fim um menino travesso e brincalhão como os outros, ia-se tornando um moço cada vez mais tristonho e misantropo.

No passeio e recreação acompanhava os outros como um autômato, com os olhos ou pregados no chão ou alongados além pelos horizontes e parecendo estranho a tudo que em derredor dele se passava. Grave e pausado como um velho ermitão formava um vivo contraste com a turba jovial de seus gárrulos e travessos companheiros; dir-se-ia o triste e moroso noitibó perdido entre um bando de inquietos e chilradores melros.

Nas horas de estudo e recolhimento vivia debruçado sobre os livros, mas tinham observado que cismava muito e lia bem pouco. Os seminaristas novos, que ainda não o conheciam, tê-lo-iam tomado por um idiota, se na aula o rapaz não desenvolvesse prodígios de memória e de inteligência dando de si melhores contas do que nenhum outro. Isto mesmo era mais um motivo de pasmo da parte dos seminaristas, que olhavam para aquele excêntrico e misterioso colega com certa curiosidade cheia de respeito e admiração.

O que ia porém fazer aquele estudante duas e três vezes por semana ao quarto do padre mestre diretor?... O leitor vai já sabê-lo.

O pai de Eugênio, reenviando-o para o seminário, tinha escrito aos padres comunicando-lhes os desvios e desregramentos de seu filho, e pedindo-lhes mui encarecidamente que tomassem debaixo de seu particular cuidado dirigir-lhe a consciência e procurar desarraigar-lhe do espírito certa paixãozinha, assim se expressava ele, que o ia tornando um pouco avesso à sua natural vocação e louvável propósito de ordenar-se.

Isto para o padre diretor não era nenhuma novidade. Estava ele bem lembrado, e o leitor também não se terá esquecido, dos versos feitos a Margarida, sequestrados pelo reitor à pasta do estudante. Era prevendo aquela descaída do seu neófito, que o padre se havia oposto com tanta energia a que Eugênio saísse do seminário durante as férias.

Também de sua parte os padres tinham grande interesse e vivo desejo de atrair ao grêmio da classe clerical aquele mancebo, que por sua bela inteligência, seu espírito de devoção e excelentes dotes morais parecia talhado pelo céu para ser um digno ministro da religião do Crucificado.

Concebe-se pois o esforço, com que aqueles zelosos missionários se empenhariam em fazer tão bela aquisição para o clero brasileiro, e mesmo, se fosse possível, para a congregação a que pertenciam.

Muito satisfeitos se mostraram quando viram voltar ao seminário o esperançoso estudante. Vendo seu ar melancólico e abatido, adivinharam-lhe a causa, mas não se inquietaram com isso, esperando que o tempo e a ausência seriam suficientes para desvanecer a tal paixãozinha, que se extinguiria por si mesma, com a luz da lâmpada a que falece o óleo.

Mal pensavam eles, que o amor que abrasava o coração do mancebo era como a chama do amianto, que arde perenemente sem nunca consumir-se.

Em viagem para o seminário Eugênio com o coração cortado de angústia e de saudade e cheio de despeito contra a tirania paterna, formava em seu espírito o projeto de mostrar-se inteiramente rebelde à disciplina claustral, embora atraísse sobre si as mais severas reprimendas e castigos; pretendia comportar-se com tal desídia e relaxamento, tais desatinos e desregramentos praticar, que os padres se veriam obrigados a expeli-lo do seminário.

Firme neste propósito chegou a Congonhas, mas apenas cruzou os umbrais do piedoso edifício, sentiu desfalecer toda a sua energia reacionária, sua fronte altanada curvou-se a um profundo sentimento de respeito e submissão; todas essas veleidades de revolta se encolheram nos seios da alma, como se calam medrosos escondendo-se nas moitas do vergel os gárrulos passarinhos, quando percebem a sombra da asa do gavião, que atravessa os ares esvoaçando por cima deles.

Tímido, cordato e dócil por natureza, Eugênio não tinha coragem para praticar o mal, nem era capaz de proceder contra os ditames da sua consciência. O espírito religioso, que constituía um dos traços mais proeminentes do seu caráter, lhe fazia olhar com veneração aquele edifício, morada dos padres santos, e consideraria o mais abominável dos pecados profaná-lo com atos de desregramento e rebeldia.

Debalde pois tentaria impor à sua vontade atos que a consciência repelia, e fazer calar as nobres e virtuosas tendências que a natureza lhe tinha plantado no coração. Resignou-se, e contentou-se em chorar sobre sua sorte.

Ferida pelo infortúnio a alma bem-formada não blasfema contra Deus, nem se revolta contra os homens.

Longe de expelir transformado em veneno o fel do coração, converte-o em lágrimas de resignação e expande mais suave e puro o perfume da virtude, como o sassafrás golpeado pelo ferro do derrubador destila mais ativo e redolente o aroma, que lhe embalsama o âmago.

Todavia Eugênio não podia expelir de seu coração a imagem de Margarida, e nem ele o tentava, pois reputava isso um projeto impossível, absurdo, louco. Essa imagem agora lhe estava gravada n'alma em traços muito mais vivos e profundos do que nos anos da primeira ausência. A meiga e plácida afeição da infância havia tomado as proporções de uma paixão enérgica e fogosa, e se assenhoreara de seu coração, como esse truculento e rijo cipó que se atraca ao madeiro da floresta, o enleia, o aperta, e com ele se identifica, destinado a viver e perecer com ele.

A saudade, que o devorava, já não era essa tristeza lânguida e melancólica, que se entorna do coração com certa suavidade como o perfume de uma flor mirrada, e se espairece nos ares nas asas do devaneio como uma nuvem doirada pelos fulgores da aurora. Era o negrume carregado de uma noite pesada, muda e funérea; de uma noite toldada, sem luz de estrelas nem lampejos de relâmpagos, sem rumorejos de harmonia, nem fragores de tempestade.

Era a paixão com todas as suas cruéis inquietações e anelos[1] febris, com todas as suas sombrias apreensões no futuro, e suas doces e pungentes recordações no passado.

A tudo isto vinha-se juntar um sentimento de dolorosa compaixão pela sorte de sua querida companheira. Ah!

---

1. *Anelo:* forte desejo.

quão sozinha, quão desamparada a havia deixado na solidão do lar quase deserto, entregue às angústias da saudade, como flor mimosa exposta a todos os rigores do Sol canicular! Pobrezinha! a injusta prevenção dos pais de Eugênio, retirando-lhe sua estima e amizade, a privavam da única consolação que lhe restava, tirando-lhe até os meios de saber notícias do amigo ausente! Com que amargura não exprobrava a sua mãe no íntimo da alma aquele iníquo e desalmado procedimento! Como o não teria profligado[2], amaldiçoado mesmo, se não partisse d'uma mãe a quem respeitava e amava!...

Pelas suas Eugênio aquilatava as angústias de Margarida. Ele a via todas as tardes, e seu coração adivinhava encaminhar-se para as paineiras do vargedo pálida e chorosa, com as madeixas revoltas e dispersas pelos ombros, como palmeira a que o sopro violento da tormenta vergara o colo, derriçara[3] os galhos e emaranhara os leques emurchecidos. Ali a via sentada largo tempo com os olhos fitos nos campos da fazenda paterna, triste como Eva exilada do paraíso, regando com suas lágrimas as raízes daquelas árvores queridas, companheiras e confidentes fiéis das alegrias do passado e das amarguras do presente.

Entranhando-se nestas tristes imaginações Eugênio estorcia convulsivamente as mãos, e o sofrimento lhe espremia do coração duas lágrimas, que o fogo do desespero lhe queimava nas pálpebras sem dar-lhes tempo a rolarem pelas faces, e a muito custo podia conter no peito um brado de blasfêmia e um ímpeto de revolta.

Cedendo porém ao peso de seu infortúnio o moço não ousava, nem tentava combater a paixão, que fazia a tortura

---

2. *Profligado*: devastado; destruído.
3. *Derriçar*: desembaraçar.

da sua vida. Sabia isso impossível, mas o seu espírito crente e religioso só julgava realizável a sua redenção por um favor especial do céu, pelo influxo da graça divina, favor que não esperava, nem ousava implorar, porque dele se julgava indigno; ou quem sabe? – tinha medo de ser atendido, e parecia-lhe que faltando-lhe aquele amor não poderia mais viver, faltar-lhe-ia o ar e a luz, a terra e o céu se aniquilariam para ele.

Assim o infeliz moço agarrava-se à sua saudade e ao seu infortúnio, como o escorpião que rodeado de chamas se atraca à própria cauda, que o morde e que o lacera.

O abatimento e melancolia de Eugênio longe de desvanecer-se pareciam ir-se agravando com o tempo, fenômeno singular naquela idade, em que as dores da alma parecem dissipar-se com a mesma facilidade com que se evaporam as ligeiras névoas ao primeiro sopro das brisas travessas da manhã.

Entretanto já quase um ano havia decorrido, e os padres começando a inquietar-se à vista do estado deplorável a que se ia reduzindo o pobre moço, entenderam que deviam lançar mão de meios mais enérgicos e positivos para debelar a paixão, que não só o desviava do sacerdócio, como mesmo ameaçava levá-lo ao túmulo. Foi então que começaram as práticas e confidências íntimas com o padre diretor. A princípio e por muito tempo nenhum resultado tiveram, e o padre já desalentado quase desistiu da empresa. Suas palavras, conselhos e exortações não conseguiam produzir a menor mossa no espírito do mancebo, o qual revelando-lhe sem rebuço o estado de sua alma confessava sua fraqueza ou antes impotência para combater o mal, que o assoberbava, e as mais calorosas e eloquentes objurgações do padre opunha um desanimado e glacial – não posso.

– Não posso! – dizia ele. – Bem vejo que tudo quanto Vossa Reverendíssima me propõe é justo, razoável e salutar; quero fazer tudo quanto me aconselha; mas há uma força superior à minha vontade, um poder contra o qual vão quebrar-se todos os meus esforços. Não posso.

Capítulo XVI

MAIS UM ANO se passou empregado naquela inútil porfia do padre diretor, que empenhara em vão todo o esforço e perseverança para arrancar o mancebo àquele estado de desânimo e abatimento. Este não vendo outra solução senão a morte à sua cruel situação, abandonava indefeso o coração ao abutre da angústia, que o devorava.

Desalentados por fim os reverendos preceptores deliberaram entre si e convieram em um expediente, do qual esperavam pronto e seguro resultado. Escreveram ao pai do estudante fazendo-lhe ver o estado de melancolia e prostração em que vivia, e como apesar de todos os esforços por eles empregados a sua constante preocupação não o abandonava, continuando a mostrar-se inteiramente avesso ao estado sacerdotal. Aconselhavam portanto ao pai que procurasse casar a rapariga, que assim trazia desgarrada do bom caminho aquela ovelha predestinada, que Deus parecia ter criado para santas e sublimes coisas. Era este o único recurso eficaz com que contavam, pois era natural que o moço sabendo que a menina estava casada, tratasse de banir do espírito aquela teimosa tentação, de que Satanás se prevalecia para arredá-lo de sua natural e santa vocação. Que era pena perder-se por tão fútil e baixo motivo um digno sacerdote, que viria a ser um dia um dos mais belos ornamentos do clero brasileiro.

Lisonjeado com os elogios feitos ao filho, Antunes aplaudiu e aceitou o conselho, e deu-se pressa a pô-lo em execução. Sabendo que Luciano, aquele que tivera a pendência com seu filho, conservava ainda a mais viva inclinação por Margarida, e que pondo de parte a sua fatuidade e arrogância, era um excelente rapaz, morigerado e tratador da vida, tanto ele como a senhora Antunes começaram a dar passos com grande empenho e diligência no intuito de efetuar aquele casamento. Baldados porém ficaram todos esses esforços. Margarida resistiu inabalável a todos os conselhos, exortações, repreensões, desenganos, promessas e até às ameaças de maldição por parte de seus padrinhos, e recusou-se obstinadamente a aceitar marido, fosse ele qual fosse.

Outrora Umbelina tinha afagado no espírito a esperança, e acreditava na possibilidade do futuro enlace dos dois meninos, Eugênio e Margarida. Não via na pobreza desta embaraço sério para isso, e quanto à linhagem, ela, a viúva de um alferes dessa brilhante cavalaria mineira, a nata do exército, onde não se alistava senão gente de sangue limpo e de família honrada, e da qual o simples soldado era tão respeitado e respeitável como hoje um capitão, ela em nada se julgava inferior aos Antunes.

Mas Umbelina não era mulher de têmpera a seguir com tenacidade uma ideia, nem lutar com dificuldades. Logo que viu o vivo desejo que mostravam os pais de Eugênio para fazê-lo padre, desvaneceram-se suas esperanças, e nem pensou mais no desejado enlace. Bonachona e pachorrenta, Umbelina deixava os acontecimentos seguirem seu curso natural, contanto todavia, que não se afastassem, no que lhe tocava de perto, do caminho da honra e da honestidade.

Contudo não deixou de aconselhar à filha, que acedesse à vontade de seus padrinhos, mas com tão pouca insistência, que parecia inteiramente neutral naquele negócio. O comportamento de seus compadres para com ela, desde a desagradável ocorrência do mutirão tinha revoltado o seu orgulho, e era com maus olhos que via a interferência, que queriam exercer nos negócios de sua casa.

Margarida, a pobre Margarida, via eclipsar-se para sempre e sem remédio a estrela de suas esperanças no seio de um fúnebre e sinistro negrume, que de mais em mais se condensava sobre sua cabeça. A alegria e o sossego fugiram daquela alma, onde a saudade e o pesar se aninharam para sempre. Ela via que os elementos revoltos só preparavam tempestades no horizonte de sua vida, e conspiravam de modo assustador para desunir dois destinos, que o céu parecia ter criado para se desenvolverem e se extinguirem ao lado um do outro, e não podia encarar sem horror esse futuro, onde a estrela de sua felicidade pálida e incerta vacilava à borda de um horizonte tenebroso. Tinha crença firme no amor e nas promessas do seu querido; mas não tinha fé no destino, nesse poder implacável e tirânico, que zomba dos mais firmes protestos e das juras mais leais.

Sofrendo cruelmente, Margarida procurava esconder aos olhos de sua mãe a violência e amargura de seus martírios.

Se não fosse a sua feliz e robusta organização e a têmpera forte do seu espírito, teria sucumbido ao peso de tantos pesares e aflições.

Eugênio e Margarida eram como dois lindos arbustos de viçosa e opulenta folhagem, que nasceram bem junto um do outro; as raízes se entrevelaram[1] no mesmo alvéolo, nutrindo-se da mesma seiva, e os ramos balançados pela mesma viração se abraçaram e confundiram no ar. Um imprudente e desalmado cultor pensando que lhes era nociva aquela vizinhança, entendeu que devia separá-los, e arrancando um

---

1. *Entrevelar*: misturar.

deles o transplantou para longe. Para isso foi mister lacerar desapiedadamente as raízes de ambos, e um e outro largaram pelo chão as folhas murchas, penderam para a terra os nus e ressequidos galhos, e não houve bafejo de primavera, orvalho benfazejo nem sopro de brisa vivificante, que pudesse restituir-lhes o perdido viço e louçania.

Vendo a invencível relutância da filha e a fria indiferença da mãe, Antunes cheio de indignação tomou de acordo com sua mulher a bárbara resolução de enxotar de sua fazenda aquelas duas pobres e inofensivas mulheres.

– Desaforo! – exclamava o velho inchando as bochechas e bufando de cólera. – Ao que parece a tal comadre pensa que estou gastando dinheiro e apurando a paciência com a educação do menino para dá-lo em dote à sua pequena.... ora não falta mais nada! é isso... outro não é o motivo, porque embirram em não querer nem que se fale em casamento; que malucas!... Pois já que a menina não se casa, rua com elas!... procurem seu rumo, que não estou mais para aturá-las.

– Que dúvida! – acrescentava a mulher – rua com elas e quanto antes!... a tal comadre de uma figa, se não quer casar a filha, é porque não quer se desfazer daquele engodo, que lhe chama a casa os fregueses. Saindo a Margarida, adeus súcias e beberreiras! adeus jogos e pandeiradas, em que os filhos-famílias vão atirar fora o dinheiro de seus pais... e é isso o que a ela não lhe faz conta.

– Lá isso também pode ser; mas o fito principal da patusca era filar-me o rapaz, isto ninguém me tira do sentido... até consta-me que o menino, depois que expressamente lhe proibimos pôr lá mais os pés, quando já todos aqui dormiam, fugia sorrateiramente de casa, e lá ia passar quase todas as noites!... e que me diz a esta, hein, senhora?...

–Deveras, senhor Antunes!... o que me está dizendo... homem!... veja, que víbora traiçoeira admitíamos dentro de casa! Nada! nada! nem mais um momento quero ver essa mulher perto de nós... é a serpente! é o diabo em pessoa!...

Assim pois, ficou irrevogavelmente proferida a sentença de banimento das duas infelizes mulheres, sentença dura e injusta em todo o ponto, e que não tinha outra base mais do que a infundada prevenção dos dois fanáticos esposos. É verdade que Umbelina, como dona de uma pequena bodega à beira da estrada, tinha de tolerar sem remédio a reunião em sua casa de muita rapaziada vadia e turbulenta, que lá se agrupava por vezes aos domingos, e lá armava algazarras e rara vez algum pequeno distúrbio. Mas essa gente se conservava do balcão para fora, e nunca penetrava no interior da casinha de Umbelina, a qual, justiça lhe seja feita, sabia muito bem zelar a sua reputação, e a honra de sua filha.

Um belo dia pois, Umbelina e sua filha tiveram de arrumar a sua trouxa, e de dizer eterno adeus à sua linda casinha, ao risonho e pitoresco vale, ao córrego e às paineiras, que por tantos anos tinham sido o abrigo e a companhia de sua feliz e pacífica existência.

Umbelina por sua parte de há muito desgostosa, e disposta a abandonar aqueles lugares, não sentiu grande pesar em deixá-los; mas a pobre Margarida... essa aí deixava o coração feito em pedaços entre as garras da dor e da saudade. Triste sina era a sua!... a sorte desapiedada lhe arrancava até a companhia daqueles sítios queridos, daqueles seres inanimados, que para os outros não tinham valor nem significação alguma, mas que para Margarida tinham uma alma com quem se entendia, uma voz consoladora, que com ela conversava mistérios de amor e de saudade.

Quando viu sumirem-se por detrás das colinas a alva casinha, o vargedo, e os últimos topes das figueiras e das duas paineiras, pareceu-lhe que um véu de eterno luto se estendia sobre seu coração, e uma voz lúgubre lhe murmurava dentro da alma: – tudo está acabado!

Assim devia retirar-se Eva, enxotada do paraíso ante a espada de fogo do arcanjo vingador, chorosa e a passos lentos, volvendo de quando em quando para o jardim de delícias, que acabava de perder, olhos empanados de lágrimas de indizível angústia. Assim devia retirar-se Eva, sim; porém talvez menos infeliz, porque sentia na sua a destra do esposo, que a afagava, e lhe sustinha os passos vacilantes pelas tristonhas e escabrosas sendas do exílio.

Margarida porém, ai dela!... despedindo-se daquele éden saudoso da sua infância, dizia também eterno adeus ao bem querido de seu coração.

Capítulo XVII

GRANDE É O PODER do tempo.

O próprio braço da dor, quando não consegue esmagar a sua vítima, por fim de contas esmorece fatigado, e o seu estilete, por mais buído[1] que seja, acaba por embotar-se.

O físico de Eugênio, graças à mocidade e a uma feliz e sadia organização, tendo resistido aos rudes e continuados golpes de uma dor íntima, intensa e corrosiva, o espírito como que fatigou-se de sofrer, ou antes habituou-se ao sofrimento.

Uma influência talvez ainda mais forte que o tempo, se bem que por ele auxiliada, contribuiu também grandemente para a salutar modificação que se operou na vida do mancebo. Sua natural tendência à devoção e ao misticismo, que nele constituía também uma paixão, há muito tempo abafada pelos pesares e inquietações de um amor infeliz, acordou finalmente no seio daquela alma ulcerada, e se não pôde acalmar de todo seus sofrimentos e tumultuosas agitações, veio pelo menos dar-lhes um caráter menos sombrio e desesperado.

Eugênio não pôde suportar por mais tempo a triste solidão em que gemia abraçado com a cruz de seu sofrimento. Não sabendo onde achar socorro e consolação para o mal que o flagelava, correu a prostrar-se aos pés do Crucificado, regou-os com suas lágrimas, e beijou-os cheio de contrição

---

1. *Buído*: polido.

e de amor, implorando-lhe que lhe acalmasse aquela febril agitação, que lhe queimava o cérebro, e lhe restituísse a paz do coração.

Desde então começou a sentir de novo aqueles celestes enlevos, que as solenidades religiosas outrora lhe despertavam na alma. No templo, aos sons do órgão sagrado e dos hinos religiosos, seu espírito se arrebatava entre as nuvens de incenso sobre as asas do êxtase e pairava pelo empíreo no meio dos coros angélicos. O altar inundado de esplendores e de nuvens aromáticas lhe parecia o escabelo do trono de Deus, o único degrau seguro, por onde se pode subir ao conspecto[2] do Altíssimo. No meio de suas deslumbrantes visões o mancebo invejava dentro da alma, e cobiçava ardentemente a glória sem par de empunhar a chave do sacrário, e de queimar o incenso aos pés do onipotente.

Eugênio, então entrado nos dezenove anos já não tinha o seu dormitório no salão dos meninos; pertencia à turma dos grandes, e dos que propriamente se chamam *seminaristas* ou candidatos ao sacerdócio. Como tal, tinha portanto o seu cubículo ou cela particular. Ali também, entregava-se com fervor a contínuas práticas de devoção e ascetismo, e ajoelhado aos pés da imagem da Mãe de Deus, rezava longamente e deixava o seu espírito perder-se engolfado em santas e beatíficas contemplações, ou lia as páginas ardentes e sublimes de São Jerônimo ou Santo Agostinho, e os seráficos escritos de São Francisco de Sales e de Santa Teresa de Jesus, tão perfumados de mística unção e de angélica piedade.

A estas práticas de devoção e piedosas leituras vinham-se juntar estudos severos das matemáticas, de filosofia e teologia, que lhe iluminavam e robusteciam a inteligência, ao

---

2. *Conspecto*: aspecto; imagem.

passo que a leitura assídua do Eclesiastes, do livro da sabedoria e dos provérbios de Salomão lhe confortava o coração, e o protegia contra os ataques das seduções e vaidades do mundo.

Mas não se pense que Eugênio enlevado em seus atos de devoção e absorvido em seus estudos havia conseguido esquecer-se de Margarida.

Somente o seu amor, purificando-se ao contato da religião de tudo que nele havia de carnal e terreno, tinha tomado as cândidas roupagens de uma afeição angélica e ideal, e o fel amargo da saudade, que lhe afogava o coração, se havia transformado em uma torrente de lágrimas silenciosas e resignadas, que entornava aos pés da Virgem consoladora dos aflitos.

Entre as nuvens de incenso, que embalsamavam o templo, no meio dos anjos de suas visões pairava também a imagem de Margarida, e por entre as piedosas e místicas harmonias, que enchiam as abóbadas sagradas, ouvia-lhe a voz suave e argentina. No retiro solitário de sua cela, quando prostrava-se em oração ante a imagem da Virgem, Margarida estava também ajoelhada ao lado dele como nos tempos de seus brincos de criança, e era ela o anjo, que nas asas de neve e ouro levava as suas preces ao trono do Onipotente.

Essas duas tendências naturais de seu coração terno e entusiasta, pode-se dizer essas duas paixões, que lhe eram inatas, o amor e a devoção, congraçavam-se admiravelmente em seu espírito. O arroubo místico, a contínua aspiração para Deus e para as coisas celestes não excluíam nele o amor por essa criatura, que é sobre a terra um dos mais belos reflexos do infinito poder: a mulher. É que de fato esses dois sentimentos tão puros, tão celestes ambos, nada têm de inconciliáveis em si mesmos, e somente uma lei meramente convencional, impondo o celibato como um preceito imperativo, podia levantar entre eles esse odioso antagonismo, contra o qual a razão protesta e revolta-se o coração.

Eugênio pois não deixava de sentir em si a mais pronunciada vocação para o sagrado ministério do altar; se não fora o amor, que nele ainda prevalecia sobre as tendências teocráticas, sua resolução estaria definitivamente firmada e decidida. O seu espírito oscilava perplexo entre essas duas belas e santas aspirações, as quais, se não fossem canonicamente incompatíveis, teriam entretecido para a fronte do mancebo a mais brilhante coroa de glória, de amor e de felicidade, e que no entretanto por sua incompatibilidade estavam fadadas a cavar-lhe um abismo de angústias e desgraças.

Dois anjos a um tempo tomavam Eugênio pela mão, e o convidavam para o céu.

Um era a piedade, que lhe mostrava os degraus do altar, e lhe corria diante dos olhos maravilhados os véus sacrossantos, que encobrem o trono de Deus.

O outro era o amor, que lhe entreabria a porta misteriosa da alcova nupcial, e lhe apresentava a imagem de Margarida.

O despertar do espírito religioso na alma do mancebo, alimentado e auxiliado por contínuas exortações e conselhos dos padres, já era um grande passo para a consecução do fim que tinham em vista. A paixão ascética ia pouco a pouco ganhando sua alma, e em breve os afetos profanos não encontrariam nela nem mais um cantinho onde aninhar-se.

Aplaudiam-se entre si deste belo resultado, e já não duvidavam de que mais tarde ou mais cedo o triunfo seria completo, e o moço abjurando de uma vez todas as paixões terrenas se entregaria sem resistência nos braços de sua natural vocação – o sacerdócio.

Escreveram ao pai de Eugênio:

"Graças ao Todo-poderoso e aos nossos perseverantes esforços, a ovelha desgarrada vai-se encaminhando para o aprisco da religião... O bálsamo salutar da devoção vai dissipando os efeitos do veneno, que a paixão pecaminosa lhe filtrara no coração. Mais um passo, e poderemos cantar assinalada vitória sobre o espírito das trevas, ganhando um digno ministro para o altar, e uma bela alma para o céu. Resta, que Vossa Senhoria nos comunique o casamento da rapariga, e tudo estará concluído."

A despeito de toda a força da sua vocação eclesiástica, de todo o fervor do seu ascetismo religioso, Eugênio mantinha-se firme na resolução de não tomar ordens. Assim o havia jurado a Margarida. Firmada pela religião do juramento, essa afeição terna e profunda que votava à companheira de sua infância, afeição que com ele nascera, que era a luz de seus olhos, a seiva de seu coração, o perfume de sua alma, via cerrar-se os áditos[3] do santuário do Senhor, para o qual volvia olhos invejosos como para um Éden vedado, de que suas fraquezas o tornavam indigno. Mas Margarida era um anjo de Deus exilado na terra, e se ele não podia com suas mãos profanas tocar nos vasos sagrados e na hóstia sacrossanta, poderia ao menos ajoelhado ao lado dela, inclinar a fronte venerabunda ante os altares, e entoar com ela hinos de louvor ao Todo-poderoso. O culto e adoração oferecidos ao Senhor por um de seus anjos não podiam deixar de ser-lhe tão gratos como aqueles, que lhe são endereçados pelas mãos de seus ungidos.

Destes devaneios, em verdade bem suaves, o vinham arrancar considerações de outra ordem, que o lançavam num pego de amarguras e inquietações. Via diante de si a incerte-

---

3. *Ádito:* mistério.

za do futuro, o inabalável emperramento de seus pais, que a todo o transe o queriam fazer padre, a sorte precária de Margarida, malvista e repudiada por eles, pobre e frágil criatura exposta a todos os embates de um destino cruel, e a todas as seduções e azares de um mundo corrupto e libertino.

Já não era só o amor, era um dever mais santo e por ventura mais forte que o amor, que o forçava a jamais abandonar ao seu destino aquela infeliz criatura, que o céu como que havia confiado à sua guarda e proteção, fazendo-a nascer junto dele, e colocando-a à sombra do mesmo lar, como a tenra trepadeira, que nasce enleada ao viçoso e copado arbusto, amparando-se com sua sombra e nutrindo-se de sua seiva. Margarida, mesmo não podendo ser sua esposa, era sua irmã; embora o não fosse pelo sangue, o destino colocando junto ao seu o berço dela, os tinha feito irmãos pela alma. Agora que seus pais com tanta desumanidade a repudiavam, e que não lhe restava senão sua velha e mísera mãe, ele, que era seu único amparo sobre a terra, devia viver só por ela e para ela.

O espírito do mancebo bem queria nas asas da religião e da piedade desprender-se da terra, e consagrar-se exclusivamente ao culto da divindade; mas um laço poderoso lhe tolhia os voos e o tinha atado aos interesses e afeições mundanas.

Depois de ter volvido n'alma todas tristes e amargas reflexões, Eugênio exclamava: – Não, não posso, não devo ser padre! – e passava a excogitar os meios de despedir-se do seminário o mais breve que fosse possível.

Capítulo XVIII

EUGÊNIO QUE, JÁ então tocando os vinte anos, conservava na alma toda a candura e singeleza da infância, confiava ao seu diretor espiritual por miúdo e sem disfarce todas essas lutas íntimas, todas as irresoluções, fraquezas, inquietações do seu espírito. Expondo-lhe a obrigação sagrada, em que se considerava, de amparar e proteger na vida a companheira de sua infância, o padre lhe fez ver que nada obstava a que ele satisfizesse aquele nobre e louvável impulso do coração, e que nisso não havia estorvo a que se ordenasse, uma vez que, banindo do coração todo o sentimento amoroso, considerasse Margarida como sua irmã.

Por esse efeito porém era forçoso que evitasse o mais que pudesse a sua presença, fugisse de toda e qualquer relação com ela, e fosse como a Providência, que esconde a mão que derrama tantos benefícios sobre a terra; aliás recairia inevitavelmente em suas antigas fraquezas e desvarios. Ponderava-lhe demais que, uma vez ordenado, seu pai não duvidaria em restituir a Margarida as suas boas graças, e tomaria decerto a seu cargo ampará-la, prover à sua sorte futura, procurando-lhe um bom marido.

A estas palavras Eugênio estremeceu; mas contendo aquele movimento:

– Estou certo – respondeu – de tudo, quanto me diz... mas... é impossível!... estou inteiramente convencido que toda e qualquer tentativa que eu faça para banir de meu coração esta paixão, será sem resultado. Não está em mim, nem há poder nenhum sobre a terra que me possa tirar do sentido aquela mulher.

– Não o há sobre a terra, mas há no céu. Implore com fervor a graça divina, e ela não lhe faltará, e o seu triunfo, que considera impossível, será facílimo e completo. A oração, a penitência, os exercícios piedosos, são armas poderosas para combater a tentação, filho; e vossa mercê mesmo já fez delas a mais brilhante prova, quando sendo muito mais criança conseguiu debelar completamente o inimigo que o tinha em contínua obsessão. Se não fosse a imprudência de deixar o seminário, e ir colocar-se de novo entre as goelas da serpente que o seduzia, teria evitado esta nova luta, talvez mais renhida e encarniçada que a primeira. Hoje porém, que já com vinte anos deve ter outra energia e força de vontade, e sabe melhor ponderar as coisas, é que assim desanima como um covarde, e recua espavorido diante do inimigo?

– Mas, senhor padre, eu jurei a Margarida... Perjurar, esquecê-la, abandoná-la a seu cruel destino, não é uma traição, uma infâmia?

– O juramento inspirado pelas sugestões do demônio não é juramento, filho. Deus não o aceita, nem o confirma no céu. Jurou o nome de Deus em vão, fez mais, profanou como um ímpio o seu santo nome envolvendo-o em atos desregrados de libertinagem. Cometeu um grande pecado, de que cumpre lavar-se com lágrimas sinceras de compunção e arrependimento; mas não é um juramento, nem o constitui em obrigação alguma.

– Não sei, senhor padre, não sei, o que lhe possa objetar... mas o coração se revolta, e diz-me a consciência que eu cometeria uma indignidade, um crime mesmo, arrojando em um abismo de infortúnio e desespero a uma criatura de quem sou mais do que o amparo, de quem sou a única esperança.

– Filho, olhe, que toma por vozes da consciência o que não é senão murmúrio da paixão, embuste do demônio, que porfia em obumbrar-lhe[1] o espírito e amolecer o coração. Ânimo, filho!... nada o embaraça para esse nobre e santo cometimento, senão a sua própria vontade. Essa paixão que o atormenta é um cálix de provação que Deus lhe preparou para acrisolá-lo[2] na luta e no sofrimento, e torná-lo mais digno do sagrado ministério a que o chama o céu. O inimigo com quem tem de travar-se foi-lhe enviado por Deus, como o anjo de Jacó[3]. Faça como aquele santo patriarca, que combateu com o anjo a noite inteira; não se recuse a essa luta agradável aos olhos de Deus; combata noite e dia, vencerá como Jacó.

Eugênio saiu de junto do padre com o espírito um tanto abalado; pelo menos achava-se resolvido a implorar o auxílio do céu para extinguir aquela paixão, que era ao mesmo tempo o encanto e o tormento de sua existência.

Ainda que sem fé a princípio, e sem esperança alguma de resultado – e talvez por isso mesmo –, entregou-se como outrora às práticas do mais austero ascetismo, e na solidão de sua cela deu-se à vida de penitência e contemplação com uma exaltação e fervor dignos dos antigos anacoretas dos desertos da Cálcida, da Nitria e da Tebaida.

À força de orações e jejuns, vigílias e macerações, de novo conseguiu reduzir seu corpo à múmia ambulante, e o espírito a um foco de visões beatíficas e fanáticas alucinações. Desta vez porém o áspero e pesado manto do ascetismo não logrou

---

1. *Obumbrar*: obscurecer.
2. *Acrisolar*: purificar.
3. *Jacó*: personagem bíblica, que, sem saber, luta com um anjo (Gênesis, 30, 24-30).

abafar a chama teimosa que abrasava o peito do mancebo. A fibra de seu coração tinha-se fortalecido com os anos. O vaso frágil das afeições infantis se convertera em urna diamantina, que conservava inteiro e inalterável o filtro fatal que os lábios de Margarida nele haviam vazado entre os beijos de mel e lágrimas de fogo.

Embora procurava o anjo da devoção, com a sombra mística de suas asas, acalmar os tumultuosos transportes daquela alma apaixonada. Na maior exaltação de seus êxtases beatíficos, no rigor de suas mais austeras mortificações, lá mesmo lhe aparecia a imagem de Margarida, formosa como visão celeste, e com um sorriso melancólico dizia-lhe com acento triste e amarga exprobação:

– Louco, que pretendes esquecer-me, e pedes ao céu forças para ser perjuro e desapiedado! Lutas em vão; eu sou o anjo que levo ao céu teus pensamentos e tuas orações, e jamais consentirei que cheguem ao trono de Deus tuas monstruosas preces. Esquece-me se puderes, mas não peças auxílio ao céu para precipitar-me no inferno!

Então Eugênio, alucinado e quase em delírio, batia com a fronte em terra, estorcendo-se e bradando com voz sufocada entre soluços:

– Perdão, Margarida, perdão!

Assim continuou por longo tempo a luta travada no espírito do mancebo entre o amor e a religião, entre duas paixões que com ele nasceram, e com ele poderiam viver e fazer a sua felicidade, se as instituições humanas não houvessem erguido entre elas uma barreira insuperável.

Entretanto a ausência, o decurso dos anos, a falta absoluta de relações e mesmo de notícias da mulher amada, eram circunstâncias que não podiam deixar de influir poderosamente em desvantagem da paixão profana, que insensivelmente se ia arrefecendo como lâmpada velada, que se consome a si mesma e fenece à míngua de alimento. Outro tanto não acontecia ao misticismo, que alimentado por contínuas práticas de devoção, exaltado por eloquentes e calorosas exortações e conselhos, cada dia ia ganhando terreno, e contava com todos os elementos da vitória.

Duas circunstâncias vieram contribuir poderosamente para acelerar o triunfo das ideias teocráticas e fazer palejar[4] a estrela do amor no horizonte da vida do mancebo.

Era um domingo. Celebrava-se missa solene por ocasião de uma festividade da igreja.

Por esse tempo o padre missionário Jerônimo Gonçalves de Macedo, o digno e venerável companheiro de Viçoso e de Leandro, achava-se em Congonhas do Campo de passagem para o sertão da Farinha Podre, onde por sua grande ilustração e virtudes apostólicas era chamado a lançar as bases de um novo colégio na extremidade ocidental da província de Minas – o seminário de Campo-Belo.

Jerônimo foi convidado a pregar o sermão desse dia.

Possuía ele em alto grau os mais eminentes predicados do orador sagrado. A uma bela e imponente figura, a um acionado largo e majestoso, a uma voz cheia, vibrante e sonora reunia a palavra ardente e repassada de unção, a eloquência que se inspira em sua verdadeira fonte, na abundância do coração. O rico e formoso templo do Bom Jesus regurgitava de povo, que acudira ansioso para ouvir a palavra do santo e eloquente missionário.

Quando assomou no púlpito aquela nobre e veneranda figura, aquele busto, cujas linhas corretas e harmoniosas podiam servir de modelo ao escultor de gosto o mais severo

---

4. *Palejar*: empalidecer.

para a imagem de um santo, possuído de respeito e admiração, cuidaríeis ver surgir do interior do muro do templo o vulto do santo seu homônimo, do austero cenobita dos desertos da Cálcida.

Era uma santa virgem e mártir que a igreja comemorava nesse dia. O elogio da castidade formou naturalmente o tema principal do sermão.

O orador, depois de ter feito um brilhante panegírico da vida da santa, passou no epílogo a fulminar com os raios de sua eloquência a moleza, o apetite sensual e os desvarios das paixões mundanas, e divinizou a castidade, a mais excelsa entre todas as virtudes, esse lírio puro e peregrino, cuja fragrância é mais grata ao Senhor do que os cânticos dos anjos, e do que todo o incenso que se queima em seus altares.

Para dar maior realce ao painel, traçou com mão de mestre uma viva pintura da sedução de Eva tentada pela serpente no paraíso.

– A concupiscência – dizia ele – é a serpente, que destila dos lábios enganosos o veneno que nos dá morte à alma e nos faz perder para sempre as delícias da celeste Jerusalém. Feliz aquele que, como a virgem mártir cujas virtudes hoje a igreja comemora, pode esmagar aos pés a cabeça da serpente maldita, e exclamar triunfante, enquanto ela se estorce moribunda no chão: "Afasta-te, Satanás!..."

Inspirando-se nas páginas ardentes e sublimes do santo do seu nome, exclamava com ele:

"Soldado efeminado, que fazes tu sentado à sombra do lar paterno? Tu repousas, e a trombeta divina enche o espaço de seus clangores! O divino combatente aparece sobre as nuvens; uma espada de dois gumes sai de sua boca. Ele corre, derriba e despedaça; e tu não queres deixar o teu leito pelo campo de batalha, a escuridão em que jazes pelo esplendor do Sol! Levanta-te! A coragem te dará força.

"Visses embora teu pai, tua mãe ou tua amante atravessada à soleira de tua porta para impedir-te a passagem, passa sem derramar uma lágrima; passa, tu és soldado; lá está o teu estandarte; é a cruz!

"Deserto esmaltado das flores do Cristo!... Solidão, onde se engendram as pedras de que é construída a Sion celestial! Santos eremitérios, em que conversa-se familiarmente com Deus, infeliz daquele que vos desconhece, e mais infeliz ainda aquele que, vos conhecendo, vos foge e vos evita!"

Fazendo aquela viva e eloquente apologia da vida casta e solitária, Jerônimo procedia por pedido e especial recomendação de seus colegas de Congonhas, que o tinham inteirado da situação de Eugênio; e assim todas aquelas calorosas e veementes apóstrofes iam com direção calculada ao espírito do mancebo, o qual sem nada suspeitar as escutava absorto; e sentia a palavra santa penetrar-lhe como lâmina ardente até o âmago do coração.

A pintura da serpente rastejando aos pés de Eva no paraíso para seduzi-la e arrastá-la à perdição, fez a mais viva impressão, e trouxe-lhe à memória a aventura da infância de Margarida, enleada e afagada por uma cobra, aventura que tão funesta apreensão deixara no espírito de sua mãe. Encontrando a mais exata e palpitante analogia entre o episódio do Gênesis, e aquele incidente de sua infância, Eugênio estremeceu.

Já para ele não havia dúvida; aquele acontecimento era um aviso do céu; aquela serpente fatídica era o demônio; e Margarida, nova Eva por ele seduzida, lhe oferecia o pomo fatal, e o levava ao caminho do exílio e da perdição eterna.

Poucos dias depois um sonho, talvez visão filha da debilidade física e da alucinação do espírito, o visitou nas horas caladas da noite.

Ajoelhado em oração e debruçado à beira do leito Eugênio adormeceu, e viu-se em sonho transportado ao meio de um templo magnífico, inundado de esplendores, de perfumes e harmonias. Súbito abriu-se a abóbada do templo, e um coro de anjos, que descia do céu, baixou sobre ele. O anjo que vinha à frente de todos, tinha a figura de Margarida, e trazia na mão uma palma. Postando-se diante dele entregou-lhe a palma, e disse-lhe apontando para o altar: – Eis ali o caminho do céu!

Eugênio olhou para o altar, e viu que a Virgem, que se achava sobre o trono, lhe sorria e acenava chamando-o a si.

Este sonho impressionou-o vivamente. Era uma revelação; a vontade do céu se achava manifestada do modo o mais patente e irrefragável[5]. Entendeu que Margarida era morta, e transformada em anjo de Deus no céu, como já o fora sobre a terra, viera-lhe anunciar que era só ordenando-se que se encontraria com ela na bem-aventurança. Seu destino estava decretado no céu, e sua vocação irrevogavelmente firmada sobre a terra.

Pobre Margarida! Entre ti e o teu amante uma sombra espessa se interpunha, e a estrela de luz pura e suave, que luziu sobre vossos berços, e sorriu à vossa infância, obumbrada pelas fuscas asas do gênio austero do ascetismo se eclipsava totalmente na alma do teu Eugênio.

Nessa alma agora entregue a mil beatíficas alucinações, a tua imagem ia-se de todo apagando, e apenas de quando em quando lhe aparecia como visão longínqua, envolta em brumas melancólicas em um ponto obscuro do horizonte.

Pobre Margarida!

---

5. *Irrefragável*: incontestável; irrefutável.

Capítulo XIX

EUGÊNIO COM O PÉ alçado sobre a cabeça da serpente fascinadora achava-se em vésperas de cantar triunfo.

Ainda a paixão não se havia extinguido ao todo; o cancro pecaminoso ainda lhe atracava ao coração seus enredados filamentos; mas o moço, premunido de ascético heroísmo, com mão firme e resoluta havia empunhado buído escalpelo para extirpá-lo de uma vez, embora lhe custasse gritos de agonia e lágrimas de sangue.

Dispunha-se Eugênio a ir dar conta ao seu diretor das grandes vitórias que ia alcançando sobre si mesmo, e manifestar-lhe a firme e inabalável resolução em que se achava, de tomar ordens sacras e até de entrar para as fileiras dos filhos de São Vicente de Paulo, quando recebeu um recado do mesmo diretor chamando-o ao seu cubículo.

– Senhor Eugênio – disse o padre, apenas o seminarista compareceu –, acabo de receber uma carta do senhor seu pai, em que me comunica uma importante notícia. Se fosse em outros tempos, eu hesitaria em dar-lhe semelhante nova, mas hoje creio posso dar-lha sem receio de consterná-lo, certo de que a receberá com toda a sobrancaria e serenidade de ânimo de um homem superior às paixões do século.

A esta linguagem Eugênio sobressaltou-se.

– Diz respeito a meus pais? – perguntou com ansiosa inquietação.

– Não, não; a esse respeito esteja tranquilo. Estão vivos e com saúde, louvado seja Deus... É outra coisa...

– Margarida?... – exclamou o moço, mas logo atalhou-se envergonhado.

– Sim, sim; essa menina, que foi criada em casa de seus pais, e sua companheira de infância, essa menina, conforme me escreve seu pai...

O padre fez uma breve reticência, como hesitando sobre o modo por que havia de exprimir-se.

– Morreu?... perguntou Eugênio tornando-se pálido como um cadáver.

– Não, senhor; casou-se.

A esta revelação Eugênio estava lívido, convulso, atordoado, como se um raio houvesse estalado junto dele, apenas pôde murmurar com lábios trêmulos:

– Casou-se!... ah!... muito bem!

Como quem arranca subitamente as ataduras a uma ferida profunda, que apenas começa a cicatrizar e a faz de novo abrir-se entre dores cruéis, golfando o sangue aos borbotões, assim o padre com aquela fatal e inesperada nova veio despertar em um momento todo o ardor e frenesi da paixão que começava a adormecer no coração do moço. Turvou-lhe os olhos a sombra trêmula de uma vertigem, as pernas lhe esmoreceram, e foi-lhe mister encostar-se a uma mesa para não cair redondamente em terra.

Em vão esforçou-se por afetar tranquilidade e resignação; forçoso lhe foi retirar-se para ocultar aos olhos do diretor a agitação de seu espírito.

Este porém, a quem não podia escapar aquela tão visível e extraordinária perturbação, não se inquietou muito com isso. Provecto conhecedor das paixões e fraquezas do coração humano, bem previa que outro não podia ser o resultado imediato daquela revelação; mas estava também certo que ela seria o golpe de morte desfechado sobre a paixão do mancebo. Passada aquela primeira irritação, um salutar desengano convencendo-o da inconstância e fragilidade das afeições mundanas lhe serviria de escarmento eterno contra todas as seduções do espírito das trevas.

– Margarida infiel!... Margarida casada!... – exclamava Eugênio ao entrar em seu quarto, delirante, a arquejar, e apertando a cabeça entre as mãos convulsas. – Quem o diria!... pôde tão facilmente esquecer-se de mim para entregar-se a outro!... e eu tantos anos luto em vão para arrancar daqui a imagem dela e entregar-me nos braços de meu Deus!... que vergonha!... que miséria!... À força de jejuns, de penitências, de mortificações tenho quebrantado no meu corpo, acabrunhado meu espírito e flagelado meu coração rebelde, e nem assim consegui apagar este fogo que me devora... sim, não consegui nada; era engano meu;... agora o vejo... e ela tranquila e risonha, sem escrúpulo e sem constrangimento algum voa aos braços de outro, e dá-lhe a gozar estas delícias que eu... louco que eu fui!... estava trocando por um inferno de amarguras e martírios!... Oh Margarida! Margarida!... que fizestes!... ah!... tu eras mesmo a serpente; teus lábios destilavam veneno de morte... era o fogo do inferno que te incendia os olhos... Com teu amor mostravas-me o paraíso, que era a porta do inferno!... com tua traição e falsidade me abres também o inferno nesta e na outra vida!... Por toda parte tu és o anjo mau destinado a precipitar-me no abismo das torturas!... Mas... que importa!... Ah!... se continuasse a querer-me... quem sabe!... Que valem sem ti o paraíso e todas as suas delícias!... Eu te acompanharia de bom grado pelos ásperos e tenebrosos caminhos do desterro, como Adão acompanhou a sua Eva; suportaria alegre todos os trabalhos e tribulações da vida, se sentisse tua mão enlaçada com a minha, e o teu coração palpitando junto ao meu!... Mas ah! Meu Deus! Eis em que deram tantos anos de luta e sacrifício!... Desprezei um tesouro que possuía, para correr após um bem quimérico, uma sombra vã... e agora aperto os braços e não encontro nem um nem outro... e acho-me abraçado... com quê?... Com as chamas do inferno!... Ai de mim!... meu Deus! Como eu blasfemo! eu sou um réprobo!... um precito!...

Eugênio debatia-se em acessos febris entre as garras do ciúme, que lhe atassalhava[1] o coração, e o cauterizava com o fogo da sua letal peçonha. Era o último trago amargo e corrosivo da taça das paixões. Seu amor, que até então envolto no casto véu dos devaneios sentimentais se havia mantido em uma esfera ideal e pura, tornou-se material e libidinoso. Os gozos de outrem lhe chamaram a atenção para os sedutores atrativos físicos da sua amante, e lhe atearam nas veias a febre da volúpia. O demônio do ciúme, empunhando o facho infernal, abrasava o sangue do infeliz mancebo no fogo da concupiscência. Volvia e revolvia na lembrança com amarga complacência todos os encantos do corpo de Margarida: a boca úmida e vermelha, ninho voluptuoso de beijos e sorrisos, os seios túrgidos ofegando alterosos em ânsias amorosas, os olhos quebrados nadando em eflúvios de ternura, o bafejo suave e perfumado como as emanações de um rosal; e todos estes misteriosos tesouros, que o pudor recata, e ante os quais a própria fantasia do mancebo se detinha tímida e respeitosa, receando profaná-los, tudo isso se lhe apresentava à imaginação com as mais vivas cores e o abrasava em sede de sensualismo, infligindo-lhe o suplício de Tântalo[2]. Tudo isso, que havia perdido, era agora pasto franco

---

1. *Atassalhar*: retalhar; atormentar.
2. *Tântalo*: personagem da mitologia grega que, no mundo dos mortos, sofre por não conseguir saciar a sede e a fome, embora água e frutos estivessem próximos, mas inalcançáveis.

aos desejos libidinosos, à concupiscência brutal desse Luciano, que o havia ultrajado, ou de algum ente talvez mais desprezível.

Com estas ideias a escaldarem-lhe o cérebro, a torturarem-lhe o coração, o pobre moço pensava morrer de despeito, de vergonha e desesperação.

Blasfemava, estorcia-se e entrava em acessos de furor.

Estranho e deplorável egoísmo do amor! Eugênio teria sofrido menos, se soubesse que Margarida, fiel ao seu amor, houvera sucumbido vítima da mágoa e da saudade. Mais depressa se teria resignado, e daria por bem empregados todos os peníveis esforços, todos os sacrifícios a que se devotou durante anos para desterrar do coração a imagem dela. Quando considerava em sua infidelidade, envergonhava-se de ter mirrado a flor de sua mocidade em uma luta improfícua contra um inimigo indigno dele, contra uma mulher que o fascinara com as aparências de um anjo e que não era mais que larva imunda, que há mais tempo devera ter esmagado debaixo dos pés!

Estranha alucinação! Julgava-se com o direito, e até com o restrito dever de bani-la para sempre da lembrança, e quisera que ela o amasse a todo o transe, que se deixasse finar por ele de amor e de saudade!

Morta de amor por ele, seria um anjo, que o chamava para o céu. Viva nos braços de outro, é a serpente que o arrasta para o inferno.

Pura e fiel, era uma vítima imaculada digna de ser imolada ao seu espírito ascético nas aras da religião. Perjura e desleal é um monstro, que o fascina e o precipita no abismo das eternas chamas!

Alguns dias cruéis e noites de agonia passou Eugênio nessa tempestuosa agitação, que quase tocava ao delírio. Às vezes lhe fervia o coração em desejos de vingança, e ideias de sangue e suicídio lhe pairavam lôbregas pelo espírito. Outras vezes, inculpando-se a si mesmo da deslealdade de Margarida, tendo-a como um merecido castigo de sua atroz ingratidão, corria após ela, e ia cair-lhe aos pés suplicante e debulhado em lágrimas, pedindo-lhe perdão de seu monstruoso perjúrio, e maldizia a loucura e covardia que lhe havia feito desprezar um tesouro real, que o destino lhe havia colocado entre os braços, para correr após a sombra de um bem, que o céu lhe recusava.

Esta extrema e violenta superexcitação, não podia durar muito tempo sem produzir a morte ou a loucura. Sucedeu-lhe porém felizmente a prostração profunda, o desalento glacial do desengano.

A alma do mancebo, que era até então como um foco de chamas açoitadas por ventos tempestuosos, converteu-se em um limbo silencioso, gélido e sombrio, onde não havia um eco, nem para a dor, nem para o prazer, onde não se exalava o perfume de uma saudade, nem luzia o reflexo de uma esperança.

Seu espírito parecia adormecido em pesado torpor, sobre as ruínas de todas as suas afeições mundanas, de todas as suas aspirações de ideal e celeste misticismo.

– É mais uma provação, que Deus vos reservava, filho –; dizia-lhe o padre diretor, procurando consolá-lo –; mais um cálix de amargura, para vos acrisolar nas tribulações da vida, e vos servir de escarmento eterno contra as ilusões do mundo. Era necessária ainda esta última gota de fel, para tornar o sacrifício mais perfeito e agradável aos olhos de Deus. Bem-aventurados os que choram.

Capítulo xx

BANIDAS DA FAZENDA do capitão Antunes, Umbelina e Margarida, tristes como outrora Agar[1] e Ismael[2] despedidos da tenda de Abraão, e internando-se pelo deserto, tomaram o caminho da vila do Tamanduá, onde Umbelina possuía ainda uma pequena casa habitada por uma velha parenta, ainda mais pobre do que ela. Sem expelir a pobre mulher, que não tinha outro abrigo, aí se estabeleceram com ela.

Umbelina já bastante entrada em anos, e cheia de achaques, quase nada mais podia fazer. Sua velha companheira, essa coitada!... vivia quase às esmolas. Aquela pequena e desvalida família teria caído na mais extrema miséria, se não fosse Margarida que, cheia de mocidade, robustez e boa vontade, se entregava a um contínuo trabalho, cosendo, lavando, engomando, e assim provia à parca subsistência de todos, e lhes proporcionava mesmo um pouco de abastança.

Mesmo naquela humilde condição, a formosura de Margarida, que havia atingido a todo o opulento viço, a todo o esplendor da juventude, atraía a atenção geral, e fascinava todos os olhos.

Lavando roupa, com os lindos braços nus, como as asas de uma ânfora de alabastro, os cabelos entornados pelos ombros, como a ramagem do salgueiro, com os pés embebidos

---

1. *Agar:* personagem bíblica; escrava de Abraão, concebeu Ismael, filho deles.
2. *Ismael*: personagem bíblica; filho de Agar e Abraão.

na água, e as roupas regaçadas deixando ver as extremidades de duas colunas do mais perfeito lavor, era a náiade[3] da fonte.

No templo, vestida pobremente mas com esmerado asseio e elegante singeleza, com os tímidos e pudibundos olhos velados pelos longos cílios, em sua cândida e modesta atitude tomá-la-íeis por uma estátua da Virgem, produção genial de inspirado cinzel.

Em casa, fiando ou entregue aos trabalhos de agulha, vendo aquele busto angélico pendido sobre a almofada, vos lembraríeis da casta Lucrécia[4], ou da pudica Suzana[5].

Desprotegida como se via, sua pureza navegava entre mil riscos em um mar semeado de cachopos, e sirtes[6] traiçoeiras, e como lâmpada exposta a todos os ventos, mantinha-se como por um milagre. Não faltaram libertinos e sedutores, que dispondo dos favores da fortuna, da posição e da mocidade, empregassem inúteis esforços para arrastá-la ao lodo da prostituição; nem também amantes, que possuídos de sincero e verdadeiro amor, cobiçassem e pleiteassem com ardor a posse do coração e da mão da Margarida.

Não era porém somente o inimigo externo, que ela tinha a temer. De temperamento ardente, de compleição sanguínea e vigorosa, Margarida não era muito própria para manter por largo tempo a sua afeição na esfera de uma pura aspiração ideal, de um celeste devaneio. Feita para os prazeres do amor e para as expansões ternas do coração, os instintos sensuais achavam em sua natureza estímulos de indomá-

---

3. *Náiade*: divindade da mitologia grega, associada às fontes e rios.
4. *Lucrécia*: personagem que representa o ideal romano de mulher na Antiguidade.
5. *Suzana*: personagem bíblica do Antigo Testamento, mulher que representa a fidelidade ou castidade.
6. *Sirte*: escolho que dificulta a navegação.

vel energia; sua pudicícia teria infalivelmente naufragado no meio dos perigos que a rodeavam, se uma paixão casta e santa, que desde a infância lhe enchia o coração, não lhe servisse de broquel[7] contra todas as seduções do mundo.

O anjo do amor puro velava desde o berço sobre a encantadora menina, e com suas asas cândidas, afugentava para longe dela as larvas malditas do gênio da devassidão.

Graças a esse celeste talismã, Margarida, como um lírio de alvura deslumbrante, balanceava incólume e orgulhosa o cálix imaculado no meio da torrente turva e impetuosa, que lhe rugia em derredor.

Já perto de sete anos eram volvidos, desde que se partira o querido companheiro de sua infância. Entregue à melancolia e ao desalento, Margarida, ainda que aparentemente robusta e sadia, sofria um mal de coração, que lhe contaminava as fontes da existência. Uma organização de vigorosa têmpera, e sobretudo uma alma paciente e resignada, davam-lhe força apenas para não sucumbir e resistir tranquila e quase risonha ao peso esmagador do seu infortúnio.

Ao seu aspecto ninguém à primeira vista adivinharia que um gérmen de morte lhe ia solapando a existência. Era como um desses pomos, que ostentam na superfície a mais fresca e viçosa cor, e que entretanto trazem no âmago já bem adiantado o gérmen da destruição.

Uma esperança e um dever lhe alentavam o ânimo, lhe vigoravam o corpo, e davam-lhe força e vontade para viver. Era a esperança de ver ainda um dia o seu querido Eugênio, e o dever de viver para sua pobre e desamparada mãe.

A sorte despiedosa em breve a livrou de um desses cuidados, tornando ainda mais triste e precária a sua situação.

---

7. *Broquel*: escudo; proteção.

Umbelina afrontada de desgostos, velhice e enfermidades faleceu deixando a pobre órfã mais desvalida e angustiada que nunca. Um feroz destino como que se comprazia em recalcá-la cada vez mais na voragem do infortúnio.

Ela porém resistia ainda alentada por uma última esperança –a mais doce de toda a sua vida – a volta de Eugênio; de Eugênio, que solto de seu ergástulo[8] monástico e livre do jugo da autoridade paterna, vinha-lhe ofertar o braço, e conduzi-la ao altar para receberem a santificação daquele amor, que com eles havia nascido, e com eles devia morrer.

Esta última esperança, tímida e vacilante como luz de estrela moribunda, prestes a afogar-se no seio de um vulcão, era o único e débil fio que ainda a prendia à existência.

Desditosa Margarida! Ainda não havia esgotado todo o fel do cálix da amargura que a fatalidade lhe havia destinado. Faltava-lhe ainda a última gota, a mais amarga de todas.

Poucos meses depois da morte de Umbelina, chegou aos ouvidos de Margarida a notícia de que Eugênio havia tomado ordens. Daí em diante a desgraçada moça não contou mais com a vida.

O mal, que a afligia, tomou subitamente proporções assustadoras.

O sangue rico, juvenil e ardente da moça, agitado pelas violentas inquietações e padecimentos da alma, precipitava-se tempestuoso pelas artérias, e solapando os vasos centrais da circulação, ameaçava rompê-los. O histerismo também de quando em quando lhe enrijava os músculos, e lhe excitava no cérebro abrasado terríveis e deploráveis alucinações.

8. *Ergástulo*: prisão; cárcere.

Era Sol posto. Margarida debruçada à janelinha do seu quarto de dormir, olhava para os campos, que se estendiam por detrás de sua casa, entregue a uma tristeza mortal.

O sino da matriz badalou Ave-marias.

Margarida levantou-se e começou a rezar o *Angelus*. Uma súbita ansiedade afrontando-lhe o coração, sufocou-a e quase a lançou por terra sem sentidos. Margarida teve um triste pressentimento.

– Minha tia – disse ela à sua velha parenta, que nesse momento ia entrando no quarto – estou muito doente; de um momento para outro posso expirar; parece-me que tenho gangrena no coração. Mande-me chamar o vigário; quero me confessar.

– Não fales assim, menina!... chamar o vigário para quê?... o que é que estás sofrendo então, minha filha?

– Tenho umas ânsias que me apertam o coração e quase me sufocam. Ainda agora escapei por pouco de cair em terra.

– Isso são vertigens, menina; não é caso para já pedir confissão; bem mostras que nunca tiveste moléstia nenhuma; por isso te assustas com tão pouco... ah! que diria se sofresses os meus achaques!... eu vou fazer um chá de melindre, que para aflições de coração é um porrete; verás como hás de te dar bem com ele;... sossega, que isso não há de ser nada.

– Não é nada!... eu cá é que sinto, minha tia. Deus a livre de sofrer o que eu sofro;... eu não posso durar muitos dias.

– Ora valha-te a Virgem Maria!... que cisma é essa que te entrou pela cabeça, minha filha!... ora vejam, quem fala aqui em morrer!... ainda se fosse eu, que já estou com um pé na sepultura... mas tu, menina, criança do outro dia, tão fresquinha e corada como uma maçã madura...

– Que engano!... quer minha tia creia, quer não creia, eu não ando nada boa... mande chamar o padre...

– Nesse caso é melhor chamar o cirurgião primeiro, não achas?...

– Para quê?... remédio para isto só a terra, minha tia. Mande, mande chamar o padre....

– Hoje?...

– Agora mesmo, se for possível. Quem sabe se amanhecerei?...

– Arre lá, menina!... não tirarás da cabeça semelhante ideia?...

– Seja cisma embora, minha tia; eu quero me confessar.

– Que mania, meu Deus!... mas enfim vá feito; como isso afinal de contas nenhum mal te pode fazer, vou fazer-te a vontade. Estou que o padre vai ter mais trabalho em desencasquetar-te da cabeça essa mania de morrer, do que mesmo em ouvir-te os pecados... estás tão nervosa... Valha-me São Francisco das Chagas...

– Nervosa, não, minha tia; estou mesmo muito mal...

– Está bom!... não teimo mais contigo; vou pedir ao vizinho para chamar o pobre vigário... mas, meu Deus!... se ele não estiver em casa?... não há outro padre na terra...

Capítulo XXI

NA TARDE DESSE mesmo dia na sala de visitas de uma casa de sobrado das melhores da antiga Vila de Tamanduá, achava-se uma reunião de várias pessoas gradas e notáveis do lugar. Eram visitas, que vinham cumprimentar a um jovem sacerdote, recentemente ordenado, que nesse dia havia chegado ao seu país natal, depois de uma larga ausência.

Era um padre alto, de tez clara, de fisionomia a um tempo grave e serena, de um tipo nobre e regular. Todavia na fronte larga e pálida via-se como a sombra de um sofrimento íntimo, e uma ligeira nuvem melancólica toldava um pouco a limpidez de seus grandes olhos azuis. Estes indícios reunidos a duas rugas prematuras, uma vertical e outra horizontal, que se cortavam formando uma cruz bem no meio da testa, pareciam revelar, que dentro daquele crânio se haviam agitado lutas e tormentas apenas serenadas.

Estava em hábitos talvez de sua profissão, apertados com um cinto à maneira dos missionários de São Vicente de Paulo; tinha também como eles no alto da cabeça uma tonsura maior do que a dos outros padres, e trazia pendente sobre o peito um grande crucifixo de metal. Faltavam-lhe apenas mais alguns meses de noviciado para ser definitivamente admitido no seio da Congregação.

Era o padre Eugênio, filho do capitão Antunes, que acabava de chegar a Tamanduá investido de todas as ordens sacras e precedido de uma grande reputação de sabedoria e santidade. Era isto um acontecimento, que punha em grande expectação e alvoroço a vila inteira.

– É chegado o padre Eugênio! – ecoava de boca em boca, e cada um se apressava em ir ver e saudar o novo padre, que instalado na casa, que seu pai possuía na vila, levou o resto do dia a receber as visitas e cumprimentos dos numerosos amigos da família e de quase toda a população do lugar.

Apesar de toda a cortesia e afabilidade com que acolhia os visitantes, via-se que o padre estava entregue a uma penível preocupação, que mal podia dissimular. Havia ele chegado na véspera à fazenda de seu pai, onde pernoitara. Apesar de sete anos de ausência, e de uma vida passada entre místicas contemplações e práticas de austero ascetismo, a vista daqueles sítios acordou-lhe na alma todas as lembranças de sua infância, frescas e vivazes, como se foram da véspera, à semelhança de um bando de pintassilgos, que desperta chilrando debaixo do folhado laranjal aos primeiros raios da manhã.

Oh! essas emoções suaves de primeira quadra da vida têm um filtro sutil, um aroma inextinguível, que se entranha no coração para nunca mais desapegar-se dele. Volvem-se anos e anos, e quando já na meta extrema da existência a fronte encanecida nos pende para a sepultura, por entre os gelos da velhice a flor virginal do primeiro amor exala um doce perfume, e perto do túmulo nos embala ainda com as lembranças do berço.

Eugênio pois, que via ainda na última ourela do horizonte uns restos do clarão róseo da aurora da existência, devia então sentir em toda a sua força e suavidade a magia dessas recordações.

Cuidava que a flor delicada do amor, cujo perfume aspirara desde o berço, tinha morrido de uma vez para sempre abafada debaixo do manto gélido do ascetismo claustral.

Mas ela era como a *sempre-viva*, que exposta ao orvalho frio da noite, esconde o seio fechando sobre ele as pétalas de ouro, para expandi-las de novo nítidas e formosas aos beijos do primeiro raio do Sol. Ela havia apenas cerrado o seu cálix na sombria e silenciosa solidão da cela do cenobita, e agora ao contato do ar à vista do solo onde nascera, procurava abrir-se de novo exalando mais ativo o aroma há tanto tempo enclausurado, e rodeava o coração do moço como de um tépido e delicioso eflúvio de recordações.

Sentindo esse inesperado despertar de emoções, que julgava para sempre extintas, o padre estremeceu de sustos, e se esforçou por conjurá-las do melhor modo possível por meio de orações e penitências. Viera ao seu país natal, somente para visitar seus pais, que há tantos anos não via, e dar-lhes o gosto, porque tão ardentemente suspiravam de vê-lo ordenado e ouvir-lhe uma missa, e no fim de uns quinze dias ao mais tardar pretendia voltar ao seminário a continuar a sua vida austera de cenobita e entrar para a Congregação da Missão de São Vicente de Paulo. Mas tomado de susto e de sinistros pressentimentos, já se arrependia do passo que havia dado. A noite, que passou na fazenda paterna, foi para ele uma noite de horríveis inquietações e tribulações de espírito. Se não fosse a estranheza que tal fato iria produzir em sua família e mesmo em toda a povoação, nessa mesma madrugada teria desaparecido sem dar parte a ninguém, e a toda a pressa voltado ao seminário a fim de pôr-se ao abrigo do espírito tentador, que de novo buscava atravessar-se em seu caminho, e preparar-lhe novas lutas e dissabores.

No outro dia o padre Eugênio levantou-se com o espírito cheio de terrores e de vagas apreensões. Em companhia de seus pais, pôs-se a caminho para a vila, triste e inquieto, como quem ia para um Getsêmani[1] de provações, ou como quem marcha por um caminho estreito e escabroso flanqueado de abismos vertiginosos.

Avistando em distância a casinha de Umbelina, já tombando em ruínas e abafada entre o matagal, que lhe crescia em roda, sentiu uma nuvem de tristeza afogar-lhe o coração, e procurando afetar indiferença, não pôde deixar de perguntar pelos antigos habitantes daquela casinha.

– Eu sei! – respondeu friamente o pai. – A Umbelina, essa morreu... a filha, como talvez já saibas, casou-se, e creio que anda por aí mesmo.

Antes nada perguntasse!... bem quisera que Margarida se achasse a milhares de léguas. Esta informação veio ainda mais alarmar a consciência já tão aterrada do jovem sacerdote. Cheio de terrores e apreensões sinistras, estremecia só com a ideia de encontrar-se com Margarida, e implorava a Deus do fundo da alma, que lhe poupasse aquela dura provação, que lhe arredasse dos lábios aquele cálix de amargura.

Mas por fim envergonhou-se de seus próprios terrores, e procurou revestir-se de coragem.

– De que estou eu a tremer? – perguntava a si mesmo. – Margarida é casada... está morta para mim, e não pode senão recordar-me um passado, que foi de paixão e fogo na verdade, mas que há muito se acha sepultado debaixo de uma lápide de gelo... E mesmo que assim não fosse, serei eu tão fraco, tão indigno e vil, que ainda consinta aninhar-se debaixo destas vestes sagradas um sentimento ímpio e profano! Não é fugindo do inimigo, mas travando com ele, que o soldado se torna digno de cingir os louros da vitória.

---

1. *Getsêmani*: jardim em que Jesus Cristo e seus apóstolos oraram, na noite anterior à crucificação.

Se por fraco e pusilânime sou incapaz de combater, deveria nunca ter deixado a sombra do lar paterno, deveria nunca ter tomado estas sagradas insígnias de soldado da Cruz. Ânimo pois... a coragem te dará força! estas palavras de um grande santo, que muito mais do que eu sofreu e combateu por amor de Cristo, sejam o meu talismã através dos perigos e tentações do século.

Era já noite cerrada; o concurso das visitas ia-se diminuindo, e na sala do padre apenas se contaria meia dúzia de pessoas. Bateram à porta; alguém procurava o senhor padre Eugênio.

– Pode subir – disse este cuidando ser mais alguma visita.

– É um rapazinho, que quer falar a Vossa Reverendíssima – lhe disseram.

O padre levantou-se e dirigiu-se para o topo da escada.

– Que me queres, filho?

– Eu venho da parte de uma pobre mulher – respondeu o rapaz –, pedir ao senhor padre pelo amor de Deus, para ir confessar uma pessoa que se acha à morte.

O padre estremeceu; um confuso e sinistro pressentimento lhe atravessou o espírito.

– Pois não há aí o senhor vigário, ou outro qualquer sacerdote, filho? eu acabo de chegar de viagem, e acho-me bastante fatigado...

– Já fui a casa do senhor vigário, e disseram-me que foi fazer um batizado fora daqui a cinco léguas, e que não volta senão depois de amanhã.

– E a pessoa para quem me chamam, está em grande risco de vida?...

– Está, sim senhor; se não fosse isso, eu não viria incomodar o senhor padre...

– Nesse caso... não há remédio senão acudir-lhe... Mora muito longe a pessoa, a quem tenho de confessar?...

– Não, senhor; é mesmo na povoação; o senhor pode ir a pé; é lá no fim da vila, mas não é muito longe.

– Visto isso, filho, espera aí um momento para ires comigo, e me guiares até lá.

O padre depois de desculpar-se para com suas visitas, informando-as do motivo urgente e indeclinável que o obrigava a retirar-se, tomou o seu bastão e seu chapéu triangular, desceu a escada, e saiu em companhia do rapazinho, que o viera chamar.

Este o foi conduzindo silenciosamente através das ruas quase desertas até uma viela quase sem habitações na extremidade da vila. Ali parou à porta de uma pobre casinha isolada. A porta estava aberta; o rapazinho retirou-se; o padre entrou, e bateu com a sua bengala no soalho do corredor.

Uma pobre velhinha, tendo na mão uma candeia de ferro de luz frouxa e vacilante, o veio receber, e depois de o cumprimentar com religioso respeito, o introduziu silenciosamente no quarto da enferma, que era nos fundos da casa.

Capítulo XXII

NO QUARTO DA ENFERMA, apesar de sua pobre simplicidade, reinava uma ordem e asseio que contrastava com o aspecto miserável do resto da casa. O leito bem-composto, era guarnecido de um transparente cortinado cor-de-rosa, e em frente dele, sobre uma pequena mesa de jacarandá de pés torneados, via-se um lindo oratório dourado, diante do qual ardia uma vela de cera entre duas jarras cheias de viçosas e fragrantes flores. Parecia mais uma gruta mística e perfumada, um voluptuoso ninho de amor, do que o quarto de uma moribunda.

Margarida estava sobre a cama, meio deitada, meio assentada, com as costas apoiadas na cabeceira, os braços cruzados e a cabeça pendida sobre o peito.

À primeira vista não parecia uma pessoa que estava precisada dos últimos socorros da religião. O rosto nada tinha de desfigurado, e estava fresco e corado, e a moça parecia estar no gozo da melhor saúde, e de todas as suas forças. Examinando-a porém mais atentamente, notava-se o arquejo ansiado e violento de seu peito, o coração pulsar-lhe forte e descompassado de modo assustador, e na luz dos olhos um não sei quê de sombrio e desvairado. Via-se que aquelas duas rosas excessivamente vivas, que lhe tingiam as faces, não podiam denotar um estado normal, e eram resultado de profunda perturbação na circulação arterial.

A velha apenas introduziu o padre, retirou-se com sua candeia.

Mal deu com os olhos na moça, o padre estacou de repente, fez um gesto de espanto, e olhando inquieto ora para a porta, ora para o leito, dava mostras de querer sair precipitadamente. Seu rosto cobriu-se de medonha palidez, e suas feições se transtornaram de modo horrível.

Seu primeiro impulso, foi de fugir depressa e sem dizer palavra; mas hesitou; não podia negar os auxílios de seu sagrado ministério, a quem os implorava em artigo de morte. Foi-lhe mister um esforço sobre-humano para dominar a sua perturbação.

Desde o primeiro momento, Eugênio e Margarida se haviam reconhecido, e por alguns instantes se olharam mudos e atônitos sem ousarem proferir palavra.

Margarida estava deslumbrante de formosura. As madeixas opulentas de seus compridos cabelos, rolando-lhe em torno dos ombros em um denso e escuro nevoeiro, davam o mais esplêndido realce ao busto encantador; os grandes olhos negros, cheios de uma luz sombria e melancólica, fixos sobre o padre, eram como brandões[1] ardentes e sinistros, que lhe queimavam a alma.

O padre esforçou-se em compor a fisionomia, procurando dar-lhe uma expressão calma e severa. Assentou-se gravemente à beira do leito, e cruzando as mãos sobre o peito:

– Não é a senhora Margarida, que estou vendo, e com quem estou falando? – perguntou com voz surda.

– Bendito seja Deus! – exclamou a moça com vivacidade, e levantando as mãos ao céu. – Há quanto tempo não ouço esta voz!... é ela mesmo; é Margarida, senhor padre!...

– E quer-se confessar?...

---

1. *Brandão*: grande vela de cera; círio.

– Sim! sim!... que boa sina o trouxe aqui!... graças a Deus... morro consolada... Eugênio!...

Falando assim Margarida delirante de prazer estendia os braços para o padre.

– Senhora! – retorquiu o padre levantando-se em sobressalto, e dando à voz uma inflexão severa – lembre-se que sou um padre, que venho confessá-la... mas... que é isto?... – continuou olhando atentamente para Margarida. – Vejo-a tão sadia e corada!... por Deus, que não se acha em estado de pedir confissão!... é um laço diabólico, que estão me armando! A senhora não precisa de meu ministério; eu me retiro. Adeus, senhora!

– Senhor padre eu não sabia que o senhor estava na terra. Foram chamar o vigário... veio o senhor; foi Deus que o mandou. Por piedade, não se vá; não me deixe morrer sem confissão... eu me acho muito mal...

– Muito mal! não parece... o que está sofrendo então?

– Sofro muito, muito!... parece que a cada momento se me rebenta o coração; mas agora... como o senhor veio, sinto-me feliz; já não morro tão sozinha...tão desamparada.

– Desamparada!... pois onde está seu marido?

– Meu marido! – exclamou a moça atônita. – Tenho eu algum marido?...

– Pois a senhora não casou-se!?

– Eu!? quem lhe disse isso?...

– Disseram-me; então não é verdade?...

– Não; nunca!... quiseram casar-me, isso sim; mas eu nunca quis... Meu Deus! por que haviam de enganá-lo assim?!...

– Ah! meu pai! meu pai! – murmurou consigo o padre – agora compreendo tudo... para que semelhante mentira!... Pobre Margarida! – continuou dirigindo-se à moça – como zombaram cruelmente de ti, e de mim!...

– Isso pouco importa; estou agora bem satisfeita. O que me aflligia era pensar que ia morrer sem nunca mais torná-lo a ver.

– Mas, Margarida, eu sou agora um sacerdote...

– Que tem isso? assim mesmo quero-lhe bem... que mal pode fazer o amor de uma moribunda? é padre?... fez muito bem; quem sou, pobre desgraçada, para o impedir de seguir uma carreira tão bonita... veja... eu estou bem contente, e dou louvores a Deus.

– Ah! Margarida, não me fales assim.

– Por que não, senhor padre? sinto-me tão feliz! lembra-se, quando nós éramos pequeninos?... não me jurou que a primeira pessoa, que havia de confessar, seria eu? veja como Deus nos ouviu...

– Que cruel recordação, senhora! que fatalidade! sim, esse primeiro juramento Deus o guardou escrito no livro do destino, e agora recebe o seu tremendo complemento!

– Era a vontade de Deus, devia cumprir-se...

– Mas em que transe, justo céu!... também eu havia jurado depois que nunca me havia ordenar... fui perjuro... ordenei-me, perjurei de novo... ai Deus!... tudo isto é o justo castigo de meus repetidos perjúrios.

– Perjúrio não, senhor padre, aquilo foi um juramento louco, que Deus não aceitou. Esta mão foi feita para o altar, e não para mim, pobre desvalida, está muito bem empregada no serviço de Deus... deixa-me beijá-la.

Falando assim a moça tomava a destra de Eugênio, e a beijava inundando-a de lágrimas...

– Não chores assim, Margarida! – disse com acento comovido e tornando a assentar-se à beira do leito. – Dizes que estás feliz e satisfeita, e me despedaças o coração com tuas lágrimas!

– Deixa-me chorar, Eugênio! – disse a moça abandonando-se insensivelmente à doce familiaridade de tempos mais felizes. – Deixa-me chorar, não fazes ideia de quanto estas lágrimas me fazem bem. Desde que te foste embora, nunca pude chorar assim... isto me alivia tanto!...

Eugênio também deixando-se arrebatar pelo perfume das suaves recordações, que se lhe evaporavam do coração, esqueceu um momento que era padre, chegou-se mais para junto de Margarida, retirou a mão que ela apertava com ternura entre as suas, colocou-a sobre o ombro dela, e encarando-a com doçura:

– Margarida, não chores!... – disse, e encostando instintivamente seu rosto ao dela, os lábios de ambos roçaram de leve.

O padre estremeceu e recuou assustado, como se houvesse tocado em uma áspide[2] venenosa. Por alguns instantes ficaram ambos silenciosos.

– Ah! meu Deus! – prosseguiu o padre – eu vinha confessá-la, e sou eu o penitente, que de joelhos a seus pés devo suplicar-lhe perdão...

– Perdão de quê, Eugênio?...

– Ainda me perguntas, Margarida! pois não faltei-te à palavra jurada?... não sou a causa de tua perdição? não matei-te?...

– Não, não és tu, que me matas... eu é que era uma ímpia, uma libertina, querendo roubar-te ao altar, querendo valer mais que Deus. Mas sossega... creio que não morro ainda, depois que te vi, sinto-me tão melhor!...

Margarida falava assim tanto para não consternar o padre, como porque realmente a alegria de vê-lo a fazia esquecer os seus sofrimentos.

– Acha-se melhor?... – retorquiu o padre – ainda bem!... não precisa mais dos socorros de meu ministério, nem sou

2. *Áspide*: serpente.

eu o padre mais próprio para ouvi-la de confissão. Adeus, senhora!... não devo voltar mais à sua casa...

– Ah! por piedade!... não deixes de voltar, volta meu padre, volta, se não queres que eu morra impenitente e desesperada... que perigo há em ouvir de confissão uma pobre moribunda?

– Mas achas-te melhor, Margarida; poderás esperar o vigário...

– Não quero me confessar com nenhum outro... já agora hei de cumprir o juramento, que fiz quando menina... se o não cumprir, creio que a minha alma não se salvará... acho-me muito mal... esta melhora é passageira, a cada momento posso expirar. Mas eu me esforçarei em reter o alento da vida, se me prometes voltar amanhã...

O padre ficou por um momento pensativo.

– Pois bem, Margarida, voltarei – disse afinal, e com um movimento rápido e brusco, alongando a mão que tinha pousada sobre o ombro da moça, a estreitou no coração.

– Até amanhã – murmurou com voz breve o padre, e tomando o chapéu retirou-se precipitadamente, hirto e convulso, como se acabasse de ter uma pavorosa visão.

– Até amanhã! – suspirou Margarida, como um eco mavioso, que a voz de Eugênio acabava de acordar no seio de uma gruta misteriosa.

Capítulo XXIII

O PADRE EUGÊNIO entrou em casa com o cérebro a arder, e com o coração açoitado das mais violentas agitações. De coração mole e extremamente impressionável, não tinha força para lutar contra a tempestade medonha, que dentro dele se suscitava. Como piloto fraco e inexperiente, que se perturba e desorienta em presença do perigo, arrependia-se mil vezes de ter tomado o timão, tão superior às suas forças, de uma nau pujante destinada a afrontar mares tão tormentosos. A tonsura sacerdotal era uma coroa de espinhos que se lhe enterravam no crânio, e lhe arrancavam bramidos de desespero.

Exasperava-se contra a mentira de que seu pai, de certo de conivência com os padres de Congonhas, se havia prevalecido para determiná-lo a tomar ordens.

– Para que semelhante embuste, meu Deus! – murmurava consigo. – Que ideia infernal de sacrificar o destino de duas pessoas por meio de uma mentira!... Se não fosse tal mentira, se me constasse, como era verdade, que Margarida fiel ao seu amor se finava de saudades por mim, decerto eu nunca teria tomado esta veste sagrada, que hoje me queima as carnes como a túnica de Nesso[1]. A impressão de

---

1. Referência ao mito grego de Héracles (Hércules). Segundo Edinger (2006, p. 57), "Héracles resgatou Dejanira, raptada pelo centauro Nesso, usando uma flecha embebida no venenoso sangue da hidra. Ao morrer, Nesso deu a Dejanira uma poção do amor composta pelo seu próprio san-

um sonho, de um sermão, se teria esvanecido como fumaça, como tantas outras que não puderam desarraigar de meu coração uma paixão, que com ele nasceu, e que com ele... desgraçado de mim!... Sim, mil vezes desgraçado!... que com ele terá de morrer... Margarida!... pobre Margarida!... tens tanto de boa, pura e leal, como de formosa... e tanto de formosa, como de infeliz!... Nem nos mais exaltados sonhos de fantasia, eu fazia ideia justa do tesouro que eu louco troquei por uma coroa de martírio, que não tenho força para suportar!... meu Deus, eu endoudeço!... Margarida!... meu Deus!... meu Deus!... meu Deus!...

Eugênio estorcia-se em febril agitação, e quase delirava. A paixão, que julgava já não ser mais que uma triste recordação, uma dolorosa desilusão do passado, não se tinha extinguido debaixo das vestes sagradas do sacerdote. Era essa paixão como o arbusto, a que geada despojou das folhas, e mirrou-lhe os galhos, e parece estar morto pra sempre, entanto que o tronco e a raiz cheios de seiva e vitalidade estão prontos a germinar com novo viço e galhardia ao primeiro bafejo da primavera.

Ou antes era como a fogueira, cujas chamas uma chuva glacial havia apagado, ficando intactos todos os materiais, que já secos e quase calcinados, esperam apenas o contato de uma centelha para de novo se inflamarem com fúria irresistível. A vista de Margarida resplandecente de beleza e dos mais voluptuosos encantos do corpo, a certeza de sua fidelidade, aquele ligeiro roçar de lábios, filtro fatal, que lhe coou nas veias o delicioso veneno da voluptuosidade, foram

---

gue e pelo sangue da hidra. Quando Héracles mostrou interesse por outra mulher, Dejanira empapou uma túnica com essa poção e lhe deu. Quando Héracles a vestiu, ela tornou-se uma 'túnica de chamas', que não podia ser removida. Héracles só escapou do tormento ao consumir-se voluntariamente numa pira funerária".

centelhas vivas, que em um momento puseram em horrível conflagração a paixão, que há tanto tempo adormecida parecia estar morta no seio do mancebo. Uma nova tormenta, mais pavorosa que as precedentes, ameaçava fazer soçobrar a virtude do jovem cenobita, levando de rojo o frágil dique a tanto custo erguido pelo ascetismo na solidão do claustro.

Não era já um reflexo da pura afeição da infância, desse sereno amanhecer do amor envolto nos véus cândidos da inocência. Não era também a paixão juvenil com suas recordações saudosas, com seus sonhos dourados e ardentes aspirações de felicidade. Era tudo isso, e mais alguma coisa ainda. Eram os instintos sensuais longo tempo sopitados[2], que em uma organização vivaz e vigorosa despertavam com império irresistível. Era uma sede voraz de gozos e volúpias, era uma febre, era um delírio. O demônio da luxúria acendera nas chamas do inferno seu facho furibundo, e com ele se aprazia em requeimar o sangue do mísero sacerdote.

Entrando em casa Eugênio não quis ver pessoa alguma a fim de esconder a perturbação que o agitava, e como a noite já ia avançada, recolheu-se sozinho ao seu aposento.

A noite passou-a entregue às mais horríveis tribulações. Ora rezando com fervor, pedia ao céu forças para afrontar o embate da terrível tentação, que o assaltava, ora desalentado, entregando-se ao delírio da paixão, chorava, rugia, blasfemava.

No dia seguinte perguntando-lhe seu pai, quem era, e como ia a pessoa a quem tinha ido confessar, respondeu laconicamente:

– É uma rapariga, que não conheço... não está em perigo. A moléstia dela parece-me mais cisma do que outra coisa.

2. *Sopitado*: adormecido; entorpecido.

Como seus pais reparassem, e começassem a se inquietar com a palidez e extrema excitação nervosa, em que o viam, para subtrair-se a seus olhares e perguntas, apenas acabou de almoçar mal e rapidamente, saiu a pretexto de dar um passeio higiênico e ver algumas pessoas conhecidas.

– O padre está muito incomodado – disse a senhora Antunes a seu marido, logo que Eugênio se retirou. – Ele sofre alguma coisa que não nos quer dizer... queira Deus!...

– Queira Deus o quê, senhora?...

– A serpente, senhor!... a serpente!...

– Ora, senhora!... deixe-se dessas abusões... pois um homem, um padre... um missionário!... nem sempre a gente é criança.

– Queira Deus!... queira Deus! – murmurou a mãe levantando-se da mesa e rezando.

O padre durante a noite tinha feito firme propósito de não voltar mais à casa de Margarida apesar da promessa, que havia feito. Antes faltar a uma simples promessa, do que expor-se ao perigo de quebrar um voto, e perder sua alma. Portanto ao sair de casa dirigiu-se para o lado oposto ao bairro em que ela morava. No fim de contas porém, depois de ter percorrido muitas ruas e parado em muitas casas, fosse por uma fatal casualidade, ou porque o coração mesmo sem que ele o sentisse, o ia arrastando, achou-se nas vizinhanças da habitação, de que fugia.

Ao avistá-la o coração bateu-lhe uma fatal pancada.

– Ah! Margarida!... pobrezinha! quem te há de valer!... sabe Deus, se estás agonizando e vais morrer sem confissão!... é meu dever lá ir... que posso recear de uma moribunda?... uma desumanidade, uma pusilanimidade abominável deixá-la morrer ao desamparo... o vigário não está... que remédio tenho senão socorrê-la?... ah! e quem sabe, se já não será tarde!

Pensando assim o padre se encaminhava ora vagaroso e irresoluto, ora a passos precipitados, para a casa de Margarida.

É assim que o passarinho, pousado na grimpa da árvore, fascinado pela serpente, que enroscada no tronco fita nele os olhos peçonhentos, hirto de pavor e soltando pios lastimosos vem descendo de ramo em ramo até meter-se na garganta escancarada do hediondo réptil.

Margarida depois que Eugênio saíra na véspera, havia adormecido embalada em um delírio de felicidade, e graças a esse sono reparador amanhecera melhor, se bem que um tanto descorada e abatida. Isto mesmo denotava que o sangue lhe corria mais calmo e regular pelas artérias. Sentia-se tão aliviada, que parecia-lhe ter voltado ao gozo de perfeita saúde.

Levantou-se alegre e tranquila; penteou seus negros e compridos cabelos, plantou entre eles um botão de rosa, seu enfeite favorito, e vestiu-se com certo esmero e faceirice, como noiva que se prepara para ser conduzida ao altar... não, como vítima, que se adorna para o sacrifício. Mesmo abatida como se achava, estava fascinante de beleza. Tinha nos olhos uma luz tão lânguida e quebrada, na boca uma expressão tão voluptuosa, as faces um tanto desbotadas tinham um matiz de jambo tão suave e delicado, o colo e os braços acetinados eram de tão fresca e mimosa morbidez, que a custo se acreditaria que aquela moça estava precisada dos socorros extremos da religião.

Quando Eugênio entrou, Margarida estava sentada sobre a cama com o cotovelo sobre o travesseiro e mão na face. O padre sobressaltou-se vendo-a tão fresca e tranquila, e tão faceiramente vestida.

– O que é isto, santo Deus!... – exclamou com voz severa – esperava encontrar uma enferma no leito da agonia, e o que é que estou vendo!... estará zombando comigo por ventura, senhora Margarida!

– Eu zombar com o senhor padre! julga-me capaz disso? – murmurou a moça em tom de queixa tão meigo e mavioso, que diríeis arrulho de pomba, que dentro do ninho afaga o companheiro.

– Então que quer dizer esta mudança, esses enfeites, essa cor e esse rosto, que parece tão animado e cheio de saúde?...

À chegada do padre a palidez da moça se havia trocado por um vivo encarnado, que lhe incendia as faces, e seus olhos lampejavam com brilho descomunal.

– Acho-me melhor, é verdade – respondeu –, não estou sofrendo agora grande incômodo, mas não sei por quê, me diz o coração que meus dias estão contados.

– Não creia tal, minha filha, isso é pura cisma; é um capricho da sua imaginação. Mas enfim... seja como for, não me é permitido demorar-me por mais tempo a sós no quarto de uma moça, que parece estar no gozo de perfeita saúde. Adeus, senhora Margarida.

– Ah! não, pelo amor de Deus! não se vá ainda! tenha paciência com esta pobre infeliz.

A moça proferiu estas palavras com acento tão terno e suplicante, e fitando no padre um olhar tão repassado de angústia que este sentiu-se comovido e abalado até os seios d'alma.

Fitou nela um olhar terno e compungido, e a contemplou por alguns instantes silencioso.

– Margarida! – exclamou por fim, não sabes quanta pena tenho de ti... mas...

– Mas não se vá embora ainda; tenha piedade de mim... eu não estou tão boa, como pareço. Dizem que a morte quando está a chegar faz a gente melhorar de repente e depois mata. É a última visita da saúde, que se despede para sempre... Há de ser isso; não me deixe morrer desamparada... A morte há de me ser tão doce, se eu morrer junto de ti, Eugênio!...

– Margarida!... – murmurou o padre suspirando e sentando-se junto dela.

– Eugênio!... como eu sou feliz em poder recordar contigo antes de morrer aqueles bons tempos de nossa meninice!...

– Margarida, para que recordar agora uma felicidade que não pode mais voltar!

– Pode... por ventura não estamos juntos?... eu era tua irmãzinha naquele tempo; agora tu és padre, e eu ainda sou tua irmã, e quero morrer nos teus braços...

– Cala-te, Margarida!... ai de mim!... é agora que avalio a felicidade que perdi. Ah! perdão, perdão, meu Deus!... eu blasfemo! – interrompeu-se o padre batendo com a mão nas faces.

– Não perdeu nada – replicou Margarida com meiguice –; ganhou muito; estas mãos foram feitas para o altar... como são alvas e benfeitas!

Falando assim a moça tomava entre as suas as mãos de Eugênio, e as beijava não com o respeito devido a um padre, mas com toda a ternura e ardor febril da paixão. Ao contato daqueles lábios mórbidos e frementes, Eugênio sentiu uma estranha vibração agitar-lhe todo o corpo, e o filtro delicioso da volúpia coar-lhe até o âmago do coração. Assustado levantou-se bruscamente, e ia a sair de carreira pela porta a fora. Margarida o deteve pelo braço.

– Por quem é, não vá embora – disse-lhe com súplice ternura.

O padre não insistiu; cedendo a uma fatal fascinação tornou a sentar-se junto de Margarida. O corpo lhe tremia todo, a fronte gotejava suor em bagas, e os olhos lhe desmaiavam frouxos em langor voluptuoso.

– Margarida!... aqui estou – murmurou com desalento. – Mas... anjo meu!... tem piedade de mim... lembra-te, que sou padre!...

– Que importa!... eu sou tua irmã... quero abraçar meu irmão antes de morrer...

A moça pôs as mãos ambas sobre os ombros do padre, e fitou-lhe o rosto com um olhar e um sorriso, que resumiam um longo poema de amor. Os olhos alucinados nadavam-lhe em eflúvios de ternura, e o bafejo tépido e suave escoando-se por entre a rosa dos lábios entreabertos afagava as faces do mancebo. O xale em que se envolvia, tinha-lhe escapado dos ombros, e os dois pomos mal cobertos pulavam-lhe no seio inquietos e ansiosos, como duas rolinhas implumes que forcejam por saltar do ninho.

No quarto de Margarida reinava uma luz frouxa, que entrava por uma janela de empanada; o ar estava impregnado do aroma inebriante das flores, que ornavam a mesa. A velha tinha saído, e naquela casa só se achavam os dois...

Margarida encostou a cabeça ao ombro de Eugênio; este envolveu-a em um abraço.

– Um momento de suprema felicidade!... depois o inferno! que importa!...

Este brado de blasfêmia, que erguia-se do coração do padre, sussurrou-lhe apenas pelos lábios.

Ao bafo ardente da paixão sensual na alma de ambos se havia apagado o lume da razão.

Capítulo XXIV

NO DIA SEGUINTE, que era um domingo, o padre Eugênio tinha de dizer a sua primeira missa na vila de Tamanduá. O pai fazia uma grande festa, a que havia convidado a melhor gente do lugar. Era um dia de regozijo e prazer para a família, e de grande expectação para os demais habitantes. Depois da missa um lauto jantar esperava os convidados.

Muitos parentes e amigos da família de Antunes, que tinham batizados e casamentos a fazer, estavam esperando pela vinda do padre Eugênio, querendo ter o gosto de ver esses sacramentos ministrados por suas mãos.

Portanto o padre teve de apresentar-se na igreja muito antes da hora da missa a fim de ter tempo de celebrar esses batizados e casamentos.

Quando o sacrílego padre entrou no templo, dizem que os sinos, sem que ninguém os tocasse, deram badaladas fúnebres, e que um tufão escancarando a porta interior do frontispício entrara pela nave e apagara a lâmpada do santuário.

O padre estava de palidez cadavérica, e seus olhos desvairados despediam de quando em quando lampejos torvos e sombrios.

Sinistros pensamentos lhe ondeavam desencontrados pela mente agitada, como nuvens que se despedaçam por um céu tempestuoso ao sopro rijo das refegas.

Precipitado do alto de seu puro e austero ascetismo no abismo da fraqueza, o espírito do padre tombou em outro abismo mais fundo e talvez mais degradante. Atassalhado de remorsos, de vergonha e desesperação, julgando-se perdido sem remédio e para sempre, entregou-se de corpo e alma à torrente da fatalidade que o arrastava.

– Já que assim o quiseram os homens – murmurava consigo –, já que assim o ordena a sanha irresistível do destino, assim seja! serei um padre sacrílego; um padre infame, como tantos outros, que todos os dias profanam com mãos impuras os vasos do altar e a hóstia sacrossanta. Era essa a sina fatal que desde o berço me estava fadada... Margarida não morre... o que a atormenta não é mais do que uma deplorável apreensão... O céu não quis que eu fosse seu esposo, o inferno me fez seu... que horror, meu Deus! que abominável sacrilégio!... mas... já agora que hei de eu fazer... caí até o fundo do abismo, donde nunca mais poderei levantar-me! Ah celibato!... terrível celibato!... ninguém espere afrontar impunemente as leis da natureza! tarde ou cedo elas têm seu complemento indeclinável, e vingam-se cruelmente dos que pretendem subtrair-se ao seu império fatal!...

Apenas o padre tinha acabado de fazer uma breve oração no altar do consistório, quando a ele se dirigiu uma pobre velha e lhe pediu pelo amor de Deus para fazer a encomendação a um cadáver que se ia dar à sepultura, e que se achava no corpo da igreja.

O padre ficou transido de horror; afeito a esse triste espetáculo Eugênio não era medroso; mas desta vez sem saber por quê, sentia um pavor irresistível. Um suor gelado inundava-lhe a testa, e as artérias lhe titilavam nas fontes com dolorosa vibração. Mas não podia deixar de cumprir esse piedoso dever para com um morto. Vestiu a sobrepeliz, tomou o ritual, e acompanhado do sacristão, que levava na mão o hissope[1], dirigiu-se para o corpo da igreja.

Sobre um pobre caixão sem tampo, pobremente amortalhado esteriçava-se um corpo de mulher. Dois tocheiros ardiam de um lado e outro à cabeceira do caixão. Um lenço branco cobria o rosto da finada, e sobre o seu peito via-se uma capela de alvas flores, símbolo da virgindade.

O templo estava quase deserto; apenas aqui e ali algumas velhas ajoelhadas murmuravam em voz baixa suas orações.

O sacristão para se dar começo à encomendação, tirou o lenço do rosto da finada; o padre soltou um grito rouco e sufocado, cambaleou, e teria baqueado em terra, se não deparasse o braço que o sacristão lhe apresentava para escorar-se. A finada era Margarida!

– Que tem, senhor padre? está incomodado? – perguntou-lhe o sacristão.

– Não há de ser nada... passei mal a noite, e... não estou ainda acostumado a estas coisas... ia tendo uma vertigem.

O padre limpou o suor gelado, que lhe inundava a fronte, e desempenhou atabalhoadamente e sem saber o que fazia, a sua cruel e fúnebre tarefa.

Chegando ao consistório, depois de ter dito ao sacristão que os batizados e casamentos se fariam depois da missa, debruçou-se sobre a credência[2] e escondendo o rosto entre as mãos ali ficou imóvel por largo tempo orando, chorando, delirando...

A turba das pessoas, que em companhia de seu pai com o rosto prazenteiro e conversando alegremente iam invadindo a sacristia, o despertou daquele angustioso letargo. A fim de evitar conversas e olhares curiosos tratou imediatamente de

---

1. *Hissope*: bastão usado para respingar água benta.
2. *Credência*: mesa pequena, posicionada junto ao altar, onde são colocados acessórios necessários à missa católica.

revestir-se. Todavia um amigo que estando ao pé dele havia notado sua extrema palidez e o transtorno das feições:

– O senhor padre – disse-lhe – parece estar incomodado; se sofre alguma coisa melhor será não dizer missa hoje...

O padre olhou para ele espantado e sem dizer palavra continuou a paramentar-se.

A missa do padre novo, que gozava de uma grande nomeada de sabedoria e santidade, tinha atraído à igreja um numeroso e brilhante concurso. O pai e a mãe de Eugênio sobretudo estavam no auge do prazer e do contentamento, recebendo de todos as mais lisonjeiras felicitações.

Chegando à escada que sobe para o altar-mor o padre parou e, quando já todos de joelhos esperavam que começasse o introito, viram-no com assombro arrancar do corpo um por um todos os paramentos sacerdotais, arrojá-los com fúria aos pés do altar, e com os olhos desvairados, os cabelos hirtos, os passos cambaleantes atravessar a multidão pasmada, e sair correndo pela porta principal.

Estava louco... louco furioso.

FIM

Referências Bibliográficas

Obras de Bernardo Guimarães

GUIMARÃES, Bernardo. *A Escrava Isaura: Romance*. Rio de Janeiro, B. L. Garnier, 1875.

___. *A Ilha Maldita: Romance Phantastico*. Rio de Janeiro, B. L. Garnier, 1879.

___. *Cantos da Solidão: Poesias*. Rio de Janeiro, Typ. Americana de José Soares de Pinho, 1858.

___. *O Bandido do Rio das Mortes: Romance Histórico*. São Paulo, Monteiro Lobato & Cia., 1922.

___. *O Ermitão de Muquém ou a História da Fundação da Romaria do Muquém, na Província de Goiás: Romance de Costumes Nacionais*. Rio de Janeiro, *Jornal do Brasil*, 1929.

___. *O Garimpeiro: Romance*. Rio de Janeiro, B. L. Garnier, s.d.

___. *O Índio Afonso*. Rio de Janeiro, B. L. Garnier, 1900.

___. *O Seminarista: Romance Brasileiro*. Rio de Janeiro, B. L. Garnier, 1872. 258 p.

___. Rio de Janeiro, B. L. Garnier, [1875]. 258 p.

___. Rio de Janeiro, Paris, H. Garnier, [s.d.]. 225 p.

___. Rio de Janeiro, Paris, H. Garnier, [1895]. 244 p.

___. Rio de Janeiro, Empresa Democrática, 1899. 192 p.

___. Rio de Janeiro, Francisco Alves, 1899. 192 p.

___. Rio de Janeiro, H. Garnier, [1917]. 244 p.

___. Rio de Janeiro, H. Antunes & Cia., 1923. 125 p.

___. Rio de Janeiro, *Jornal do Brasil*, 1928. 108 p.

___. Rio de Janeiro, Civilização Brasileira, 1931. 172 p.

____. Rio de Janeiro, F. Briguiet & Cia., 1941. 158 p.

____. São Paulo, Moderna, 1988. (Travessias) 64 p.

____. São Paulo, Ática, 1989. (Série Bom Livro). 14. ed., 126 p.

____. Rio de Janeiro, Ediouro, 1996. (Coleção Prestígio) 12. ed., 139 p.

____. *Quatro Romances: O Ermitão de Muquém; O Seminarista; O Garimpeiro; O Índio Afonso*. São Paulo, Martins, 1944.

____. *Quatro Romances: O Ermitão de Muquém; O Seminarista; O Garimpeiro; O Índio Afonso*. São Paulo, Martins, s.d.

____. São Paulo, Sociedade Brasileira de Difusão do Livro, 1949.

____. *Rosaura: a Enjeitada: Romance Brasileiro*. São Paulo, Saraiva, s.d.

Sobre Bernardo Guimarães e O Seminarista

ACADEMIA BRASILEIRA DE LETRAS, Rio de Janeiro. *Arquivo Bernardo Guimarães*.

ALENCAR, Heron de. *O Romancista Bernardo Guimarães. Suplemento Literário*, Minas Gerais, 18.07.1970.

ALPHONSUS, João. "Bernardo Guimarães, Romancista Regionalista". *In:* FERREIRA, Aurélio Buarque de Hollanda. *O Romance Brasileiro, de 1752 a 1930*. Rio de Janeiro, Edições O Cruzeiro, [1952]. pp. 91-102.

____. "A Posição Moderna de Bernardo Guimarães". *Suplemento Literário*, Minas Gerais. 18.07.1970.

ALMEIDA, Pires de. *A Escola Byroniana no Brasil*. São Paulo, Conselho Estadual de Cultura, Comissão de Literatura, 1962. pp. 177-188.

AMORA, Antônio Soares. "Três Estudos". *Suplemento Literário*, Minas Gerais, 25.07.1970, p. 11.

ANDREWS JR., Norwood. "*O Seminarista*, de Bernardo Guimarães: Romance de Transição". *Revista de Letras*. Assis, Faculdade de Filosofia, Ciência e Letras (Unesp), 1963. vol. IV, pp. 80-93.

ARAÚJO, Marco André Franco de. *O Regionalismo e Questões Sociais em* O Seminarista *de Bernardo Guimarães*. Inhumas, Universidade Estadual de Goiás, 2008 (Trabalho de Conclusão de Curso) 42 p.

ATAÍDE, Vicente. "A Narrativa de Bernardo Guimarães". *Suplemento Literário*, Minas Gerais. 15.01.1977.

AZEVEDO, Arthur. "Bernardo Guimarães". *Almanaque*, de Heitor Guimarães, 1885. p. 223.

BADARÓ, Francisco Coelho Duarte. *Parnaso Mineiro: Notícia dos Poetas da Província de Minas Geraes*. Ouro Preto, Província de Minas, 1887. pp. 57-59.

BANDEIRA, Manuel (organização e prefácio). *Antologia dos Poetas Brasileiros: Fase Romântica*. Rio de Janeiro, Departamento de Imprensa Nacional, 1946. pp. 74-75.

BEVILAQUA, Clóvis. *Epochas e Individualidades*. Estudos Litterarios. Rio de Janeiro, Garnier, 1888.

BOECHAT, Maria Cecília. "Uma Notícia sobre a Crítica de Bernardo Guimarães". *In*: CAMBRAIA, César Nardelli; MIRANDA, José Américo. *Crítica Textual: Reflexões e Práticas*. Belo Horizonte, Núcleo de Estudos de Crítica Textual – Faculdade de Letras da UFMG, 2004. pp. 143-148.

BOSI, Alfredo. *História Concisa da Literatura Brasileira*. 3. ed. São Paulo, Cultrix, 1993.

BRINCHES, Victor Manuel Fernandes. *Dicionário Biobibliográfico Luso--brasileiro*. Rio de Janeiro, Editora Fundo Cultural, 1965. pp. 317-318.

BROCA, Brito. *Românticos, Pré-românticos e Ultrarromânticos: Vida Literária Brasileira*. São Paulo, Polis/INL, 1979.

CALEGARI, Lizandro Carlos. "A Expressão do Colonialismo em *O Seminarista*, de Bernardo Guimarães". *Chasqui. Revista de Literatura Latinoamericana*. vol. 34, n. 1, maio 2005. pp. 90-101. *Chasqui*, vol. 34, n. 1,. maio 2005. pp. 90-101.

CANDIDO, Antonio. "A Poesia Pantagruélica". *O Discurso e a Cidade*. São Paulo, Duas Cidades, 1993. pp. 225-243.

___. "Bernardo Guimarães, Poeta da Natureza". *Formação da Literatura Brasileira (Momentos Decisivos)*. São Paulo, Ouro sobre Azul, 2009. 12. ed. pp. 484-492 (1. ed. 1959).

___. "Literatura de Dois Gumes". *A Educação pela Noite e Outros Ensaios*. São Paulo, Ática, 1989. pp. 163-180.

___. "Literatura e Subdesenvolvimento". *A Educação pela Noite e Outros Ensaios*. São Paulo, Ática, 1989. pp. 140-162.

___. *Noções de Análise Histórico-literária*. São Paulo, Humanitas/ FFLCH-USP, 2005.

___. "O Contador de Casos Bernardo Guimarães". *Formação da Literatura Brasileira (Momentos Decisivos)*. São Paulo, Ouro sobre Azul, 2009. 12. ed. pp. 549-556 (1. ed. 1959).

___. *O Romantismo no Brasil*. São Paulo, Humanitas/FFLCH-USP, 2004.

CARPEAUX, Otto Maria. *Pequena Bibliografia Crítica da Literatura Brasileira*. Rio de Janeiro, Edições de Ouro, 1968. pp. 102-104.

CARVALHO, Aderbal de. *Esboços Litterarios*. Rio de Janeiro, H. Garnier, 1902. pp. 84-85.

CARVALHO, Ronald de. *Pequena História da Literatura Brasileira*. Rio de Janeiro, Briguiet, 1937. 5. ed. pp. 258-259.

CASTELLO, José Aderaldo. *A Literatura Brasileira: Origens e Unidade (1500-1960)*. São Paulo, Edusp, 2004. vol. I. pp. 238-243.

___. "Época Romântica". *Aspectos do Romance Brasileiro*. Rio de Janeiro, MEC, Serviço de Documentação, s.d. pp. 13-64.

CAVALHEIRO, Edgar. *Panorama da Poesia Brasileira*, vol. II – *O Romantismo*. Rio de Janeiro, Civilização Brasileira, 1959. pp. 77-84.

COELHO, José Maria Vaz Pinto. *Poesias e Romances do Dr. Bernardo Guimarães*. Rio de Janeiro, Typ. Universal de Laemmert & C., 1885.

CORRÊA, Irineu Eduardo Jones. "Bernardo Guimarães e o Paraíso Obsceno. A Floresta Enfeitiçada e os Corpos da Luxúria no Romantismo". Rio de Janeiro, UFRJ, 2006 (Tese de Doutorado). Disponível em: <http://www.letras.ufrj.br/ciencialit/trabalhos/2006/irineueduardo_floresta.pdf>. Acesso em: 14.05.2010.

COUTINHO, Afrânio. "O Regionalismo na Ficção". *A Literatura no Brasil*. 3. ed. ver. e aum. Rio de Janeiro/Niterói, José Olympio/ Eduff, 1986. vol. 4. pp. 4-36.

____. & Sousa, José Galante. *Enciclopédia de Literatura Brasileira*. São Paulo, Global, 2001. pp. 810-811.

Costa e Silva, José Maria da. *Poesias*. Tomo III. Lisboa, Typ. de António José da Rocha, 1844.

Costa Lima, Luiz. "Bernardo Guimarães e o Cânone". *Pensando nos Trópicos*. (Dispersa Demanda II) Rio de Janeiro, Vozes, 1991. pp. 241-252.

Cruz, Dilermando. *Bernardo Guimarães: Perfil Biobibliolitterario*. "Contendo na Íntegra O Drama Inédito: *A Voz do Pajé*". Belo Horizonte, Imprensa Oficial do Estado de Minas, 1914. 2. ed.

Cunha, Celso. "Breves Considerações Sobre a Tipologia dos Erros ou Variantes em Crítica Textual". *Bracara Augusta*, Braga, n. 39, 1985, p. 415-427.

Diniz, Carmem Regina Bauer. "Suzana e os Anciãos: as Diferentes Formas de Representação na Arte Ocidental: Contraponto de Olhares Masculinos e um Olhar Feminino". XIII Seminário de História da Arte. n. 4, 2014. Disponível em <https://periodicos.ufpel.edu.br/ojs2/index.php/Arte/article/view/4923>. Acesso em: 02.11.2019.

Dutra, Waltensir; Cunha, Fausto. *Biografia Crítica das Letras Mineiras*. Rio de Janeiro, Instituto Nacional do Livro, 1956. pp. 47-58.

Edinger, Edward F. *Anatomia da Psique*. São Paulo, Cultrix, 2006.

Faria Filho, Luciano Mendes de. "Bernardo Guimarães, Pensador Social". *Revista Brasileira de História da Educação*. Janeiro/abril 2008, n. 16. pp. 87-124.

Fundação Casa de Rui Barbosa, Rio de Janeiro. *Pasta Bernardo Guimarães*.

França, Carlos Ferreira. *O Lirismo de Bernardo Guimarães* – These para o Concurso de Professor Substituto de Retórica, Poética e Literatura Nacional do Imperial Colégio Pedro II – Rio de Janeiro, Tip. de G. Leuzinger & Filhos, 1879. pp. 36-42.

Gomes, Ednaldo Cândido Moreira. *Sutilezas e Mordacidades na Poética de Bernardo Guimarães*. Belo Horizonte, PUC, 2007

(Dissertação de Mestrado). Disponível em: <http://www.dominiopublico.gov.br/pesquisa/DetalheObraForm.do?select_action=&co_obra=89993>. Acesso em: 11.01.2010.

Governo de Minas Gerais. Igreja do Senhor Bom Jesus de Matosinhos. Disponível em <https://www.mg.gov.br/conteudo/conheca-minas/turismo/igreja-do-senhor-bom-jesus-de-matosinhos>. Acesso em: 25.09.2019.

Gravatá, Hélio. "Bibliografia de e sobre Bernardo Guimarães". *Suplemento Literário*, Belo Horizonte, Minas Gerais. vol. 5, n. 205, 01.08.1970. pp. 8-12. Disponível em: <http://www.letras.ufmg.br/websuplit/exBernardoGuimaraeser/exbSup.asp?Cod=0502 0508197008-05020508197009-05020508197010-05020508197011-05020508197012>. Acesso em: 20.03.2009.

Grieco, Agripino. *Evolução da Prosa Brasileira*. 1932. Rio de Janeiro, José Olympio, 1947. 2. ed. rev. pp. 35-36.

Guimarães, Armelim. *E Assim Nasceu a Escrava Isaura*. Brasília, Senado Federal. Centro Gráfico, 1985.

Guimarães, Bernardo. *Contrato para Baptiste Louis Garnier*. Rio de Janeiro, 27 jun. 1872. 1f.

Guimaraens, Alphonsus. *Obra Completa*. Rio de Janeiro, J. Aguilar, 1960. pp. 47-48.

Guimaraens Filho, Alphonsus Henriques. "Bernardo Guimarães e o Processo de Catalão". *Suplemento Literário*. Belo Horizonte, Minas Gerais, ano v, n. 204, de 25 de julho de 1970. pp. 3-5.

Haddad, Jamil Almansur. "Introdução a Bernardo Guimarães". *Revista do Arquivo Municipal de São Paulo*, ano xix, vol. clii – outubro de 1952. pp. 41-47.

Hallewell, Laurence. *O Livro no Brasil*, São Paulo, Edusp. 1982.

Homenagem a Bernardo Guimarães. Rio de Janeiro, Fundação Casa de Rui Barbosa, 1984.

La Fontaine, Jean. *Fábulas Escolhidas entre as de Jean de La Fontaine*. Paris, Oficina de Cellot, 1815.

Lima, Augusto de. "Bernardo Guimarães". *Revista da Academia Brasileira de Letras*, n. 47, novembro de 1925. pp. 229-239.

Lima, Israel Souza (org.). *Biobibliografia dos Patronos: Bernardo Guimarães e Casimiro de Abreu*. Rio de Janeiro, Academia Brasileira de Letras, 2000 (Coleção Afrânio Peixoto, vol. 3).

Monteiro Lobato, José Bento. *Cidades Mortas*. São Paulo, Brasiliense, 1965.

Machado, António Alcântara. "O Fabuloso Bernardo Guimarães". *Cavaquinho e Saxofone*. Rio de Janeiro, José Olympio, 1940. pp. 215-224.

Magalhães, Basílio. *Bernardo Guimarães: Esboço Biográfico e Crítico*. Rio de Janeiro, Anuário do Brasil, 1926.

Martins, Wilson. *História da Inteligência Brasileira*. São Paulo, Cultrix, 1976-1978.

Mascarenhas, Alexandre Ferreira. *Cadernos Ofícios: Casa Bernardo Guimarães*. Ouro Preto, faop, 2008.

Miranda, José Américo. *Bernardo Guimarães: Crítico de Gonçalves Dias*. 2003. Disponível em: <http://www.letras.ufmg.br/cesp/textos/(2003)bernardo.pdf>. Acesso em: 30.09.2009.

Mello, José Alexandre Teixeira de. "Bernardo Guimarães". *Gazeta Literária*. Rio de Janeiro, Typ. de G. Leuzinger & Filhos, I/11, 20 de março de 1884.

Miranda, José Américo. *Bernardo Guimarães, Crítico de Gonçalves Dias*, 2003. Disponível em: <www.letras.ufmg.br/cesp/textos/(2003)bernardo.pdf>. Acesso em: 11.01.2010.

Moisés, Massaud. *História da Literatura Brasileira: Romantismo*. vol. 2. 3. ed. São Paulo, Cultrix, 1989.

Mota, Arthur. *Vultos e Livros*. São Paulo, Monteiro Lobato, 1921, pp. 107-118.

Museu da Inconfidência. Disponível em <http://www.museudainconfidencia.gov.br/pt_BR/museu/a-criacao-do-museu-da-inconfidencia>. Acesso em: 25.09.2019.

Nogueira, Almeida. *A Academia de São Paulo, Tradições e Reminiscências: Estudantes, Estudantões, Estudantadas: Edição Comemorativa do Sesquicentenário dos Cursos Jurídicos no Brasil, 1827-1977* (notas e acréscimos de Carlos Penteado de Rezende). São Paulo, Saraiva, 1977. vol. III, 3. ed.

Oliveira, Martins de. "A Prosa – Advento do Romance – Conto". *História da Literatura Mineira*. Belo Horizonte, Itatiaia, 1963, pp. 113-114.

Orban, Victor. *Litterature Bresilienne*. Paris, Librairie Garnier Fréres, 1910. 2. ed. p. 120.

O Waggon. Uberaba, MG: Empreza d'O Waggon, 1884. Anno 1, n. 1 (03 de fevereiro de 1884) – anno 1, n. 52 (01 de fevereiro de 1885).

Peixoto, Afrânio. *Noções de História da Literatura Brasileira*. Rio de Janeiro, Francisco Alves, 1931. p. 264.

Peterlini, Ariovaldo A. "Lucrécia e o Ideal Romano de Mulher". *Língua e Literatura*. vol. 16, n. 19, 1991, pp. 9-28.

Proença, Manoel Cavalcanti. *Estudos Literários*. Rio de Janeiro, José Olympio, [1971]. pp. 29-42.

Publicações

Diário do Rio de Janeiro. Rio de Janeiro, Typografia do Diário. Ano 55. n. 257, 21 de set. 1872. p. 2.

Queiroz, Maria José de. "Convite à Leitura de Bernardo Guimarães", *Colóquio – Letras*, Lisboa, n. 83, janeiro de 1985, pp. 21-33.

Revista da Academia Mineira de Letras. Belo Horizonte, vol. 21, 1955-1959. pp. 171-172.

Revista Ilustrada. Rio de Janeiro, n. 375, março de 1884.

Rezende, Francisco de Paula Ferreira de. *Minhas Recordações*. Rio de Janeiro, José Olympio, 1944, pp. 302-310.

Romero, Silvio. *Estudos de Literatura Contemporânea*. Rio de Janeiro, Imago, 2002. (Rio de Janeiro, Laemmert, 1885). pp. 35-39.

___. *História da Literatura Brasileira*. Rio de Janeiro, José Olympio, 1960. 3. ed. vol. III. pp. 297-313 (1. ed. 1888).

___. *Evolução da Literatura Brasileira (Vista Sintética)*. S. L., Campanha, 1905.

SACRAMENTO BLAKE, Augusto Victorino Alves. *Diccionario Bibliographico Brazileiro*. Rio de Janeiro, Typographia Nacional, 1883--1902. vol. 1, p. 413.

SAINT-PIERRE, Bernadin de. *Paul et Virginie*. Paris, L. Schultz et fils, 1876.

SALES, Germana Maria Araújo. *Folhetins: uma Prática de Leitura no Século XIX*. Entrelaces. Agosto 2007. pp. 44-56.

SANTOS, Carlos José dos. *Bernardo Guimarães na Intimidade*. Belo Horizonte, Typ. Antunes, 1928. 30p. ref.: in Revista do Archivo Publico Mineiro. pp. 183-197. Disponível em: <http://www.siaapm.cultura.mg.gov.br/modules/brtexport/makepdf.php?cid=618&mid=31&full_pdf=1>. Acesso em: 31.08.2008.

SILVA, Innocencio Francisco da. *Diccionario bibliographico portuguez estudos de Innocencio Francisco da Silva, aplicaveis a Portugal e ao Brasil*. Lisboa, Imprensa Nacional, 1867. 1. 8, pp. 393-394.

SILVA, Ozângela de Arruda. "Da Europa ao Ceará: a Circulação de Romances e suas Conexões Comerciais no Século XIX". II Seminário Brasileiro do Livro e História Editorial. Rio de Janeiro, 2009. Disponível em: <http://www.uff.br/lihed/segundoseminario/index.php/component/content/article/37-por-autor-nome/106-de-n-a-q#ozasilva>. Acesso em: 30.07.2010.

SOARES, A. J. de Macedo. *Harmonias Brasileiras*. São Paulo, Imparcial, 1859.

SOUTO, M. *O Mosquito: Jornal Caricato e Crítico*. Rio de Janeiro (RJ), Typ. de Domingos Luiz dos Santos, 5 de out. 1872. p. 7.

SOUZA, Luana Batista. "Grande É o Poder do Tempo: Colação entre Testemunhos de *O Seminarista*, de Bernardo Guimarães". São Paulo, 2012. 201 f. Dissertação (Filologia e Língua Portuguesa) — Faculdade de Filosofia, Letras e Ciências Humanas, Universidade de São Paulo.

Süssekind, Flora. "Bernardo Guimarães: Romantismo com Pé de Cabra". *Papéis Colados*. Rio de Janeiro, Editora da UFRJ, 1993. pp. 151-164.

Veiga, José Pedro Xavier da. *Ephemerides Mineiras (1664-1897)*. Ouro Preto, Imprensa Oficial do Estado de Minas, 1897. pp. 302-307.

Velho Sobrinho, João Francisco. *Dicionário Biobibliográfico Brasileiro*. Rio de Janeiro, [Oficinas Gráficas Irmãos Pongetti], pp. 309-312.

Veríssimo, José. *Estudos de Literatura Brasileira*. 2. série. Rio de Janeiro, Garnier, 1901 (Bernardo Guimarães, pp. 253-264).

___. *História da Literatura Brasileira*. Rio de Janeiro, Francisco Alves, 1916. pp. 286-291.

___. *História da Literatura Brasileira. De Bento Teixeira (1601) a Machado de Assis (1908)*. 3. ed. rev. e aum. Rio de Janeiro, José Olympio, 1954 (Documentos Brasileiros, 74).

Virgilius, Maro. *Bucolica, Georgica, Aeneis*. Boston, Sumptibus Hilliard, Gray et Soc, 1840.

Volobuef, Karin. *Frestas e Arestas: A Prosa de Ficção do Romantismo na Alemanha e no Brasil*. São Paulo, Ed. da Unesp, 1998 (Coleção Prismas). pp. 160-170.

Zica, Matheus da Cruz e; Faria Filho, Luciano Mendes de. *A Obra de Bernardo Guimarães como Fonte para História da Educação*. III Congresso Brasileiro de História da Educação – PUCPR, 2004. Disponível em: <www.sbhe.org.br/novo/congressos/cbhe3/Documentos/Individ/.../324.pdf>. Acesso em: 15.09.2009.

___. "Educação e Masculinidade na Produção Jornalística e Literária de Bernardo Guimarães (1852-1883)". Belo Horizonte, Universidade Federal de Minas Gerais, 2008 (Dissertação de Mestrado).

Coleção Clássicos Ateliê

Ateneu, O – Raul Pompeia
  Apresentação e Notas: Emília Amaral
Auto da Barca do Inferno – Gil Vicente
  Apresentação e Notas: Ivan Teixeira
Bom Crioulo – Adolfo Caminha
  Apresentação e Notas: Salete de Almeida Cara
Carne, A – Júlio Ribeiro
  Apresentação e Notas: Marcelo Bulhões
Carta de Pero Vaz Caminha, A – Pero Vaz de Caminha
  Apresentação e Notas: Marcelo Módolo & M. de Fátima N. Madeira
Casa de Pensão – Aluísio de Azevedo
  Apresentação e Notas: Marcelo Bulhões
Cidade e as Serras, A – Eça de Queirós
  Apresentação e Notas: Paulo Franchetti & Leila Guenther
Clepsidra – Camilo Pessanha
  Apresentação e Notas: Paulo Franchetti
Coração, Cabeça e Estômago – Camilo Castelo Branco
  Apresentação e Notas: Jean Pierre Chauvin
  Estabelecimento de Texto e Notas: José de Paula Ramos Jr.
Cortiço, O – Aluísio de Azevedo
  Apresentação e Notas: Paulo Franchetti & Leila Guenther
Coruja, O – Aluísio de Azevedo
  Apresentação e Notas: J. de Paula Ramos Jr. & Maria S. Viana
Dom Casmurro – Machado de Assis
  Apresentação e Notas: Paulo Franchetti & Leila Guenther
Esaú e Jacó – Machado de Assis
  Apresentação e Notas: Paulo Franchetti
Espumas Flutuantes – Castro Alves
  Apresentação e Notas: José de Paula Ramos Jr.
Farsa de Inês Pereira – Gil Vicente
  Apresentação e Notas: Izeti Fragata Torralvo &
  Carlos Cortez Minchillo
Gil Vicente: O Velho da Horta, Auto da Barca do Inferno,
  Farsa de Inês Pereira – Gil Vicente
  Apresentação e Notas: Segismundo Spina
Guarani, O – José de Alencar
  Apresentação e Notas: Eduardo Vieira Martins
Ilustre Casa de Ramires, A – Eça de Queirós
  Apresentação e Notas: Marise Hansen

Inocência – Visconde de Taunay
    Apresentação e Notas: Jefferson Cano
Iracema – Lenda do Ceará – José de Alencar
    Apresentação e Notas: Paulo Franchetti & Leila Guenther
Lira dos Vinte Anos – Álvares de Azevedo
    Apresentação e Notas: José Emílio Major Neto
Lucíola – José de Alencar
    Apresentação: João Roberto Faria
    Estabelecimento de Texto e Notas: José de Paula Ramos Jr.
Lusíadas, Os - Episódios – Luís de Camões
    Apresentação e Notas: Ivan Teixeira
Marinheiro, O – Fernando Pessoa
    Apresentação e Notas: António Apolinário Lourenço
Memorial de Aires – Machado de Assis
    Apresentação e Notas: Ieda Lebensztayn
    Estabelecimento de Texto e Notas: José de Paula Ramos Jr.
Memórias de um Sargento de Milícias – Manuel Antônio de Almeida
    Apresentação e Notas: Mamede Mustafa Jarouche
Memórias Póstumas de Brás Cubas – Machado de Assis
    Apresentação e Notas: Antonio Medina Rodrigues
Mensagem – Fernando Pessoa
    Apresentação e Notas: António Apolinário Lourenço
Nebulosa, A – Joaquim Manuel de Macedo
    Apresentação e Notas: M. Angela Gonçalves da Costa
Noviço, O – Martins Pena
    Apresentação e Notas: José de Paula Ramos Jr.
Poemas Reunidos – Cesário Verde
    Apresentação e Notas: Mario Higa
Primo Basílio – Eça de Queirós
    Apresentação e Notas: Paulo Franchetti
Quincas Borba – Machado de Assis
    Apresentação e Notas: Jean Pierre Chauvin
    Estabelecimento de Texto e Notas: José de Paula Ramos Jr.
Recordações do Escrivão Isaías Caminha – Lima Barreto
    Apresentação e Notas: José de Paula Ramos Jr.
Relíquia, A – Eça de Queirós
    Apresentação e Notas: Fernando Marcílio L. Couto
Seminarista, O – Bernardo Guimarães
    Apresentação e Notas: Luana Batista de Souza
    Estabelecimento de Texto e Notas: José de Paula Ramos Jr.
Senhora – José de Alencar
    Apresentação: Jefferson Cano
    Estabelecimento de Texto e Notas: José de Paula Ramos Jr.

Só (Seguido de Despedidas) – António Nobre
    Apresentação e Notas: Annie Gisele Fernandes & Hélder Garmes
Sonetos de Camões – Luís de Camões
    Apresentação e Notas: Izeti F. Torralvo & Carlos Cortez Minchillo
Til - Romance Brasileiro – José de Alencar
    Apresentação e Notas: Ivan Teixeira
Triste Fim de Policarpo Quaresma – Lima Barreto
    Apresentação e Notas: Ivan Teixeira & Gustavo Martins
Várias Histórias – Machado de Assis
    Apresentação e Notas: José de Paula Ramos Jr.
Viagens na Minha Terra – Almeida Garrett
    Apresentação e Notas: Ivan Teixeira
Vida e Morte de M. J. Gonzaga de Sá – Lima Barreto
    Apresentação e Notas: Marcos Scheffel
    Estabelecimento de Texto e Notas: José de Paula Ramos Jr.

Título	O Seminarista
Autor	Bernardo Guimarães
Apresentação	Luana Batista de Souza
Estabelecimento de Texto e Notas	José de Paula Ramos Jr.
Editor	Plinio Martins Filho
Produção Editorial	Carlos Gustavo A. do Carmo
Ilustração de Capa	Camyle Cosentino
Editoração Eletrônica	Camyle Cosentino
Revisão	Ateliê Editorial
Formato	12 x 18 cm
Tipologia	Minion Pro
Papel	Chambril Avena 80 g/m² (miolo)
	Cartão Supremo 250 g/m² (capa)
Número de Páginas	232
Impressão e Acabamento	Bartira Gráfica